JN131113

いたずらな君にマスク越しでも恋を撃ち抜かれた 2

星奏なつめ　イラスト／裕

「マモちゃん、おっはよ～」
涼《すず》海《み》紗《さ》綾《あや》

「似合う？」
〜〜〜!!!!
可愛い
朝《あさ》山《やま》真《ま》守《もる》

羽佐見未来《うさみみく》
「みっ、見ないでくださいいいぃ！」
「ほぅ、どれどれ」
藤崎謙吾《ふじさきけんご》
「ばか……」
橙寺璃子《だいだいじりこ》

三日月《みかづき》リボン
『しーっ』
…？
颯真《そうま》飛鳥《あすか》

「橙寺……？」

「恋ってね、本当にタイミングなんです――」

contents

いたずらな君に
マスク越しでも恋を撃ち抜かれた2

星奏なつめ

GA文庫

カバー・口絵　本文イラスト
裕

復習　学校待機における活動報告書(これまでのおさらい)

はぁ。いちいち報告すんの面倒くせぇけど、上からの命令なんでちょいとお時間拝借《はいしゃく》。

あ、俺《おれ》、藤崎謙吾《ふじさきけんご》ね、吾嶌《あしま》高校で先生やってます。

不本意ながら文化祭実行委員——文実《ぶんじつ》の監督役ってことで日曜なのに学校に出てきたら、七日星《なのかぼし》ウイルスによる学校閉鎖なんてもんに巻き込まれちまった。校内に残る生徒をそのまま帰すのも危険ってことで、二週間のプチ隔離——学校待機まで監督するハメに。

一時はどうなることかと思ったが、若いってすげーのな。隔離中も文実メンバーの青春は止まらねぇ。感染対策で物理的な距離は取らなきゃなんねぇのに、心はバッチリ近付いてんの。

朝山真守《あさやままもる》なんて、小悪魔な先輩・涼海紗綾《すずみさあや》に片想《かたおも》い中だったはずがイイ感じに蜜《みつ》だしなぁ。ゴム手袋越しに手ぇ繋《つな》いだり、マスク越しのキスなんざぶっかましたり、オッサン見てるだけで血糖値《けっとうち》爆上がりなんですが……！

ちなみに恋愛面だけでなく、文実的にも熱く青春してたぜ？

ったく、誰《だれ》がそんな面倒なこと始めたんだろーな。文実じゃタコ焼き屋を出すのが伝統になってんだ。文実のタコ焼きにソースでメッセージを入れて告白——通称告タコすると、結ばれた二人は幸せになれる……なんて愛のタコ焼き伝説まであってさ。

けど今年は七日星の影響で飲食系の出し物はNGに。最初はみんな沈んでたけど、タコ焼きが無理ならタコ形お守り作ろうぜって路線変更してさ。SNSであらぬ誹謗《ひぼう》中傷を受けても、みんなで力を合わせて解決、文化祭中止の危機を鮮やかに乗り越えちまった。

そういや、他人との間に壁を作りまくってた颯真飛鳥《そうまあすか》も随分と丸くなったよなぁ。朝山たちがフォローしてくれたおかげもあるんだろうが、それだけでもなさそうだぜ？

というのも明らかに彼のじゃない——ピンクでイチゴ柄のアイマスクを持ってたって目撃情報もあるし、ひょっとして同じクラスの女子生徒、三日月《みかづき》リボンの影響じゃねぇかな？

三日月、やたらイチゴのグッズ愛用してるし……って知らんけど。

おいおい、そんな雑な報告アリかって？　アリだよアリ！　だって俺、今すんげぇピンチよ？　今日でやっとこさ学校待機が終わるってのに、朝っぱらからなんなの⁉　橙寺璃子《だいだいじりこ》が詰め寄ってきた。一年前告タコされそうになったのを、強引に回避した相手な。

え、なんで告白回避なんてしたのかって？　そりゃ相手は未成年で教え子で、それも初恋相手の娘とくりゃ回避しない方が無理だろ？

なのに橙寺のやつ、優等生の顔してとんでもねぇ問題児だった。俺の黒歴史を笑顔で暴いたあげく『今度は逃しませんよ、謙《ケン》ちゃん先生？』なんて宣戦布告までしてきて……。一難去ってまた一難、学校待機が終わっても波乱の予感しかしねぇ～……あ、現場からは以上です！

いたずらな君にマスク越しでも恋を撃ち抜かれた 登場人物紹介

朝山《あさやま》 真守《まもる》

高校二年生。奥手で口下手。憧れの先輩・紗綾に近付きたい一心で文実入り。学校待機を経て蜜な関係に!?

涼海《すずみ》 紗綾《さあや》

高校三年生。天真爛漫な言動で男を翻弄する学校の小悪魔アイドル。実は気遣い上手。真守を甘〜くからかう。

城将《じょうしょう》 勝矢《かつや》

高校三年生。イケメン好青年だが実はヘタレ。紗綾の幼なじみで、真守たち恋敵を隠密のごとくブロックする。

藤崎《ふじさき》 謙吾《けんご》

ダルっとやる気のない先生。実は文実OBで屋台を始めた張本人。叶わなかった初恋を腐らせている。

橙寺《だいだいじ》 璃子《りこ》

高校二年生。真守のクラスメイトで、才色兼備なお嬢さま。藤崎の初恋相手・美緒の娘でもある。

羽佐見《うさみ》 未来《みく》

危なっかしくて放っておけない新米の先生。基本、生徒よりテンパっている。

颯真《そうま》 飛鳥《あすか》

高校一年生。人間嫌いの野良ネコを思わせるクール系男子。文実でも孤立しがちだったが、心境に変化が!?

三日月《みかづき》 リボン

高校一年生。颯真のクラスメイト。ツインテールとイチゴグッズがトレードマーク。

予習　青春はときに暴走する

七日星《なのかぼし》ウイルスによる突然の学校閉鎖も無事に終わり、朝山真守《あさやままもる》は文化祭に向けてドキドキの日々を過ごしていた。

ドキドキが止まらないのは、文化祭が楽しみだからっていうのももちろんだけど――

「朝山クン、こっちこっち～！」

憧《あこが》れの先輩――涼海紗綾《すずみさあや》がいるからだ。

通常登校が始まったある日のこと。

学校の渡り廊下で、紗綾が手招きする。

「ねぇほら、おいでおいで～」

ふわふわのセミロング――栗色の髪が弾むように揺れた。

大人っぽいのに、あどけない瞳《ひとみ》は琥珀色《アンバー》。

宝石みたいにキラキラと眩《まぶ》しくて――

彼女の魅力はああ、マスクをしたって隠せない。

学校閉鎖開けからの秋仕様――制服のカーディガン姿もやっぱり可憐《かれん》で……。

はぁぁ、ウチの姫さまは今日もお美しいですじゃ〜〜！
と、相変わらずの爺《じい》や気分で見惚《みと》れてしまう。
「ほらほら早くぅ〜」
綿あめの声に甘くせがまれ、渡り廊下から中庭へ出る。
木々やベンチがあるだけの、何の変哲もないごくフツーの中庭。
だけど二週間の学校待機を経て、随分と思い入れのある場所に変わった。
ここで先輩の捻挫《ねんざ》を手当したり、
ゴム手袋ごしに手を繋《つな》いで休んだり、
それから………。
学校待機最終日の朝を思い出してボッ――！
顔が燃えそうに熱くなる。
「あれあれ〜、何か思い出しちゃったかにゃ〜？」
からかう気満々、紗綾のいたずらな瞳が覗《のぞ》いた。
「屋外だし、二人だけだし、ちょっと外しちゃお〜」
そう言ってマスクを取った彼女。
あらわになった薄い、だけど艶《つや》やかなくちびるにソワソワしてしまう。
先輩に初めて恋を撃ち抜かれてから約一年と半年。

全く進展ナシだった二人の距離は、学校待機を経て驚くほど近付いた。
だってもう、先輩の小悪魔っぷりがすごい。
そんなの学校待機前からだろって――？
確かにそうだけど、以前とはレベルが違うっていうか……。
たとえばほら――
「ね、朝山クンは親コアラと子コアラならどっち派？」
い、いきなりなんですかその質問は……！
でもまぁ、どっちかというと子コアラかな？
親コアラの背中にひっついてるの可愛《かわい》いし！
そう思って答えると、
「おけおけ！」
中庭の木の前までとととっと近付いた彼女は、ぎゅううっとその木にしがみつく。
ええと、姫さまは何をやってるんですじゃ……？
ていうかあの木うらやましすぎるぞ、先輩に抱きつかれるなんて！
ああ、俺《おれ》もあの木になりたい……！
……なんてばかなことを考えていたら――
「どした？　次は君の番だぞ」

木にしがみついたまま、紗綾が顔だけ振り返る。

「親コアラの準備万端！　子コアラさんどうぞ～」

「や、どうぞって言われても……」

「子コアラさんどうぞ～」

に、二回も言った⁉

もしかして、俺に子コアラ役をやれってこと⁉

なるほど、『親コアラと子コアラならどっち派？』って質問は、どっちの役をやりたいかっていう希望調査だったのか……。

「子コアラさんどうぞ～」

「あ、じゃあ……」

納得して子コアラしそうになったけど……待てよ、それって親コアラな先輩の背中にぴたっと抱きつく形になるわけで――

「いやいやムリです……っていうかなんで突然コアラ⁉」

「だってほら、学校閉鎖が終わったとはいえ、七日星騒ぎが収まったわけじゃないでしょー？感染のリスクあるから、おちおちハグもできないっていうか……。そこで編み出されたのがこの親子コアラ作戦なのであります！」

「す、すみません、ちょっと意味がわからないです」

「え～？　だからぁ、面と向き合わないバックハグ《後ろからぎゅっ！》ならこのご時世でもセーフじゃないかなーって！　ささ、子コアラさんどうぞ～♥」

「いやいやいや、誰《だれ》かに見られたらどうするんですか、特に俺……！」

先輩の背中に抱きつく後輩爺やなんて、ちょっとしたお巡りさん案件ですぞ……⁉

「んもぉ、だからこその疑似コアラでしょ？　だいじょーぶ、中庭で森林浴《しんりんよく》してるうちに、うっかり自然に帰りすぎてコアラ化しちゃったようにしか見えないよぉ」

「や、だいぶ無理がありますよね、無理しかないですよね⁉」

そもそも、七日星対策がどうのって問題じゃない気がする。

だってさ、感染うんぬん以前に――

「ハグにせよバックハグにせよ、普通はこんなトコでしませんよね……？」

「うーん、ここじゃなきゃセーフってこと？」

「や、そういうことじゃなくて……。普通はしませんよね、男女でその……ハグ的なことなんて……」

「あれあれ、私たちの関係は『普通』なのかにゃ～？」

試すような視線が、真守を見上げる。

先輩との関係が『普通』か『普通以上』のものなのか――

そんなの俺の方が知りたい、今すぐ確かめたい……！

だけど——

「や、それはその、ええと……どうなんでしょうねハハハ……」

照れくさくて、それから臆病《おくびょう》風に吹かれて、つい曖昧《あいまい》にしてしまう。

「もぉ、またそれぇ」

むぅと不満げな紗綾が、ピンと何かをひらめく。

「そかそか、マーキングが足りないかぁ～。次はもっといろんなトコに跡つけなくっちゃ」

思わせぶりな視線が、真守の全身を撫《な》でるように探った。

「おやおや～？　朝山クンってば耳まで真《ま》っ赤《か》。どこに何されるの想像したのかにゃー？　ほらほら、お母さんコアラに聞かせてみ？　み？」

ニヤニヤと口の端《は》を上げた小悪魔が、上目遣《うわめづか》いに挑発してくる。

ううう、俺ってばまた遊ばれてる……！

赤面ばかりの子コアラ（予備群！）に、いたずらな親コアラが容赦なく迫る。

「コア？　コアコアコア～～？」

……ってコアコアって何、コアラ語⁉

まったく、爺をからかってばかりの姫さまには困ったものですじゃ……。

だけど、こんな高蜜度《こうみつど》でハイレベルなからかい、いくら小悪魔な先輩でも『普通』はしない……よな？

ああ、そうであってくれ……！

どうかどうか、俺たちの関係が『特別』なものでありますように～～～！

そんな願望を膨らませていたある日のこと。

思い出深い中庭でいたずらな瞳を覗かせたのは、紗綾ではなく――


「恋ってタイミングだと思いません？　叶《かな》う恋と叶わない恋に、そう大した差はないのかもしれません」


そんなことを言ったのは、クラスメイトの橙寺《だいだいじ》璃子《りこ》だ。

品のある面立ちの彼女は、聖母のように優しい才色兼備のお嬢さま。

真守が普通に話せる数少ない女子だったりする。

そんな彼女が、長い黒髪を優雅になびかせながら言った。

「朝山君にお願いがあるんです。聞いていただけますか？」

「へ？　別にいいけど」

「どんなことでも、ですか？」

鳶《とび》色の、ミステリアスな瞳が瞬《またた》く。

「う、うん。俺にできることなら。『ウチの会社に投資してください』とかはさすがにムリだけど……」

「ふふ、そんなこと言いません。でも朝山君にしか頼めないことで――」

俺にしか頼めないって、そんなことあるかな――？

不思議に思いつつも、「それなら大丈夫だよ」と快《こころよ》く頷《うなず》く。

それにしても珍しいよな、橙寺の方からお願いなんて。

いつも助けてもらってるし、ここは全力で力になってあげよう。

……なーんて、内容を聞く前から安請け合いなんてするんじゃなかった。

だってさ、彼女のお願いは空前絶後《くうぜんぜつご》のムチャ振りで――

ああ、これなら投資話の方がまだよかった。

彼女の静謐《せいひつ》な、だけどいたずらな瞳から放たれた願いは――

「朝山君、私の『初めて』を奪ってください」

「えええエクスキューズミー……？」

動揺しすぎて、英語で聞き直してしまった。

だ、橙寺の『初めて』って、まさかそういう意味じゃないよな？

だって、彼女には他に好きな人がいるはずだ。

ほら、確かタコ焼きアレルギーの！

去年、文実《ぶんじつ》のタコ焼きで告白――通称〈告タコ〉しかけたけど、アレルギーだから受け取ってもらえなかったって……。

だから今年こそは想《おも》いを伝えるんだって、意気込んでいたのに……。

戸惑う真守に、璃子はクスリと笑って続ける。

「こんなことお願いできるの、朝山君しかいなくて。もちろん、紗綾先輩には秘密にします。ですから、ね――？」

いったい何があったんだ……？

こんな橙寺、俺は知らない。

優等生らしからぬ、妖《あや》しい色香が立ち込めて――

「朝山君、どうか私を汚してください」


ひっ、姫さまが……他国の姫さまがご乱心ですじゃ……！

であえであえ、橙寺国の爺やは何をしておる～～～！

まさかの依頼にパニクった真守は、心の中でそう叫ぶしかなかった。

宿題提出　回答に不備あり、罰として追試

学校待機、最終日の早朝。

藤崎謙吾《ふじさきけんご》は屋上で呆然《ぼうぜん》と立ち尽くしていた。

教え子の、それも優等生であるはずの橙寺《だいだいじ》璃子《りこ》が突如、宣戦布告をしてきたのだ。

「もうご存じだと思いますけど、今年の文実《ぶんじつ》はタコ焼きの代わりにお守りを作るんです。今度はちゃんと受け取ってくださいね？」

艶々《つやつや》と長い彼女の黒髪が、秋風に揺れる。

全《すべ》てを見透かす鳶《とび》色の瞳《ひとみ》が、謙吾をとらえて離さない。

ああ、なんでこんなことになっちまったんだ？

学校待機が無事に終わりかけて、あと少しで二週間ぶりに家に帰れるってタイミングでウソだろ？　とんだ難題に殴られる。

「あ、先に言っておきますけど『お守りアレルギーだ』なんてのはナシですよ」

え、今、頭に隕石《いんせき》直撃しなかったか？　ってくらいの衝撃。

彼女が『普通』の生徒なら、これほど動揺することもなかったろう。

申し訳なくはあるが、教師らしくまっすぐに向き合って、

『こんな俺《おれ》に想《おも》いを寄せてくれてありがとう。だけど気持ちには応《こた》えられない』

真摯《しんし》にそう伝えられたはずだ。

去年の文化祭で告タコされそうになったときも、

『わりぃ、俺、タコ焼きアレルギーなんだわ』

なんて苦しまぎれのウソで誤魔化《ごまか》したりはしなかった。


――けれど、彼女は『普通』の生徒じゃない。


「今度は逃しませんよ、謙《ケン》ちゃん先生？」

小首をかしげる彼女の手には、一枚の写真が。

写っているのは高校時代の謙吾、それから初恋相手の美緒《みお》で――。

生き写しってのは、まさにこのことだ。

ふっと微笑《ほほえ》んだ璃子は、写真から抜け出たように母親《美緒》そっくりで、
そんな彼女が、これまた母親そっくりな声で言った。

「もう、黙ってないで何か答えてください」

「……なんでそんなもん持ってんだ」

「ふふ、母のアルバムから拝借しました」

写真を一瞥《いちべつ》した璃子が、意味深な笑みを浮かべる。

「ウチの家、週に一度は必ずタコ焼きパーティーするんですよ。どこの家庭も当然そうだと思ってたくらいで、だからそうじゃないって知ったときは本当に驚きました」

「おい、今はそんな話……」

「いつだったかなぁ……。まだ幼いころ、母に聞いたんです。なんでウチだけ毎週タコ焼き？　って――」

謙吾の制止を無視した璃子が、いつかの美緒と同じ顔で続ける。

「そうしたら答えてくれました。親が厳しくて屋台グルメがＮＧだったんだって。その反動が毎週のタコ焼き三昧《ざんまい》です」

「だから今はそんなこと……」

「そのときにね、教えてくれたんです。幼なじみの『謙ちゃん』のこと――」

璃子はそう言って、写真をずいと突き出す。

文実初のタコ焼き屋――その前に立つ在《あ》りし日の己《おのれ》と美緒。

ぐっと近付いた過去の一コマに、青くさい記憶がよみがえる。

ああそうだ、箱入りのお嬢様である美緒の家は厳しくて、
屋台で買い食いなんて庶民的な楽しみは厳禁で――。

だけど学校行事の一環ならお許しが出るらしく、文化祭の屋台を――

とりわけ密《ひそ》かな好物であるタコ焼きを、毎年楽しみにしてたんだよな……。

けど、あの年はどこからも出店の予定ナシ――。

美緒のやつ、この世の終わりかってほどヘコんでたっけ……。

『う、ウソよ……。文化祭でタコ焼きを食べることだけを夢見て、この一年頑張《がんば》ってきたのに……！』

まさかの涙目。

そんな姿を見せられたら、いてもたってもいられなくなって――

「優しい『謙ちゃん』が、みんなを説得して自分のために文実初の屋台を実現してくれたんだって、そう話す母は本当に嬉《うれ》しそうで――。今でもよく言ってるんですよ？　あの日食べたタコ焼きは、世界で一番美味《おい》しかったって――」

美緒のやつ、まだそんなことを……？

「だから私も想いが募《つの》っちゃったんです。母の話を聞くたびに、この写真を見るたびに、『謙ちゃん』ってなんて素敵な人なんだろうって、気付いたら夢中になってしまって。いつしか願うようになりました、私も母みたいに想われたいなって――」

告白同然の言葉は、けれど風に虚《むな》しく掻《か》き消されてしまう。

写真《過去》に囚《とら》われた謙吾の耳には、届いていないのだ。

ムッと眉《まゆ》を寄せた璃子は、それでもめげずに続ける。

「愛ですよね、それで青春が暴走しちゃったんですよね。ただでさえ忙しい文実で、屋台まで始めちゃうなんて」

「……やめろよ」

「一途《いちず》な初恋ですよね」

「だからやめろって美緒……」

「じゃないです」

過去に引っ張られ、つい口を出た間違いを、璃子が淡々と打ち消す。

「美緒じゃないです、私――」

「悪い、脳がバグったっていうか……」

「今でもまだ引きずってるんですね、私を母と見紛《みまが》うくらいには――。そんなに似てるなら、私にときめいちゃえばいいのに」

クスリ。妖《あや》しい笑みを浮かべた璃子が、ゆっくりと謙吾に近付く。

「大切なのは中身？　別に外見から入ってもいいと思うんです。ほら、世の中には体から始まる恋というのもあるようですし」

「お前なぁ、そりゃ意味合いがまるで違う……つーか、こんなヨレヨレのオッサン相手に言うことかよ……」

「あら、ヨレヨレでも優しい目元は健在ですよ？　まぁ写真に比べちゃうと……そうですね、目が淀《よど》んでるというか、ちっとも輝きがありませんけど」

「悪かったなぁ、荒《すさ》んじまった瞳で……」

「それでも素敵です。頭だって、ボサボサの髪をちゃんとしたら――」

謙吾のすぐそばまで進み出た璃子が、真珠のような白い手を伸ばす。その様《さま》が――

『もう、謙ちゃんってばまた寝癖《ねぐせ》ついてる』

いつだったか、乱れた髪を直してくれた美緒と重なる。瞬間――

――ドクン……！

大きく騒ぐ鼓動に、マズい……これは美緒《過去》との混同、恋の残像なんぞに撃ち抜かれるわけにはいかねぇ……！

危機を察知した謙吾は、

「秘技、マトリックス避《よ》け……！」

大きく仰《の》け反《ぞ》って璃子の手を逃れる。

「マト……何ですか、それ……」

空を切った手に、璃子が戸惑う。

「なっ、知らんのか⁉　こうやって体を反らすんだよイナバウアー……ってそれも通じない世代かよ……ってやべぇ、こ、腰がグキって言った！」

昔はもっと軽《かろ》やかに動けてたし、なんなら美緒にもウケてたのに……！

いてて、と体を起こし、璃子を追い払うように手を振る。

「つーか距離が近い！　俺たちノーマスクなんだぞ離れろ、しっしっ！」

「いいでしょう、今日のところは見逃してあげます。楽しみだなぁー文化祭」

写真をポケットにしまった璃子が、ふふふっと笑った。

「告タコお守り、心を込めて作りますね」

どこか陰のある微笑み。

爽《さわ》やかな朝を打ち消す、闇《やみ》色の髪が風になびいた。

いたずらな瞳が、だけど強く鋭く訴える。

「今度はちゃーんと答えをくださいね、『謙ちゃん』」

璃子はそう言い残し、優雅な足取りで屋上を後にした。

残された謙吾はハァァァァっと脱力、その場にクタっとへたり込む。

「ほんと何の因果だよ、勘弁してくれよ……」

「ハハ、確かにすごい修羅場《しゅらば》でしたね」

急に爽やかな声がしてギョッとなる。

顔を上げると、三年の城《じょう》将《しょう》勝矢《かつや》がいた。

テンパると急にヘタレっぽくなるが、マスク姿さえ絵になる優男《やさおとこ》。

女子人気も高い生徒だが、それにしたって――

「え、お前いたの⁉　全然気付かなかったぞ、隠密《おんみつ》かよ！」

「あー、実はその裏にいたんです、先生たちが来るずっと前から――」

城将が、貯水タンクの載った塔屋《とうや》を振り向く。

「早くに目が覚めて、起床時間までタコ形お守り作ってようかなって……。体育館はまだ消灯中で暗いし、ここなら日の光がありますからね」

なんだよ、出てくるタイミングを逃して、ずっと裏に潜《ひそ》んでたってことか？

「驚きました、エビサキ先生があの『愛のタコ焼き伝説』の生みの親だったなんて。先生でも恋の前では暴走するんだなって、ちょっと胸アツです」

「おいやめろやめろ、掘り起こすな！」

「意外とロマンチストですよね、タコ焼きに秘密の告白を入れようだなんて発想」

「だからやめろっつーの！」

羞恥《しゅうち》に燃える頬《ほお》をバッサバサと手で扇《あお》いだ謙吾は、ポケットにしまっていたマスクを装着、弁解とばかりに付け足す。

「あれはなぁ、ただメイド喫茶《きっさ》に対抗しただけだ」

「め、メイド喫茶……？」

「え、お前らそれすら通じねぇ世代⁉　昔、ちょっとしたブームになったんだよ、ウェイトレスがメイドさんの格好で『お帰りなさいませ、ご主人様』って迎えてくれんの。でもって注文したオムライスにケチャップで〈ＬＯＶＥ〉とか書いてくれんだよ」

「そ、それって合法なんです……？」

「ったりめーだろ、当時は可愛《かわい》いメイドさんの格好がしたいって、バイト希望する女子も多かったんだぞ？」

そうだ――あの年タコ焼き屋の模擬店《もぎてん》がゼロだったのも、どいつもこいつもメイド喫茶がやりたいとか言い出したからで……。

「文実初の屋台な、普通のタコ焼きだから最初は客の入りが悪かったんだわ。でさぁ『やべぇ、これじゃ売れ残っちまう、流行《はや》りのメイド喫茶に対抗するには……そうだ、ウチもソースで〈ＬＯＶＥ〉とか入れたれ、萌《も》え萌えキュン焼きじゃぁぁ〜！』……とか思いついて、急きょ文字入れサービス始めたんだよなぁー」

もちろん、俺からの〈萌え〜♥〉なんぞ誰《だれ》も求めてない。

だから逆の発想。

『愛する人への想いをタコ焼きに託しませんか？』

って切り口で告タコを焚《た》きつけたってわけだ。

「うわぁ……商魂たくましくてロマンチックの欠片《かけら》もない……」

城将の目が、イケメンのチベットスナギツネみたいに細まる。

「あれ……？　でも伝説として語り継がれるくらいだし、告タコ自体は無事に成功したってことですよね」

「ああそうだ、みんなめでたく恋を実らせた。俺以外の誰もがな」

懐《なつ》かしくも青い記憶に、フンと苦笑する。

もっとも、告タコ自体に失敗したわけじゃない。

したくてもできなかったのだ。

精神面はさておき、物理的に――。

タコ焼きに託す愛のメッセージは大好評。美緒への想いを託す前に、ソースが切れてしまったから……。

「どさくさに紛《まぎ》れてノリで告白できるかも⁉　なーんて思ったのになぁ……」

「その……幼なじみ、だったんですよね、先生の初恋相手」

城将が、いつになく神妙な顔で聞いた。

「告白のチャンス、いくらでもあったんじゃないですか？　告タコがダメでも、幼なじみならいつでも……」

「俺もそう思ってたさ。いつでも巻き返せるって、ありふれたチャンスに甘えてた。それが有限だとも知らずにな――」

思えば、幼なじみってのがよくなかった。

美緒とは幼稚園から一緒で、無邪気に戯《たわむ》れてた時間が長かったからこそ、『恋』を意識したときには妙に照れくさくて、つまんねぇ意地を張っちまった。

思うようには素直になれない――それが思春期ってやつなのかもしれないが。

社長令嬢である美緒との『格の差』ってやつに気付いたのもちょうど同じころで、その影響もあったよな……。

たまたま幼稚園から一緒で、だから仲良くなれただけ。

本当は俺なんかが近付けるような相手じゃないのかもって、二の足を踏んじまった。

「もっと男を上げてから告白しようとか思ってたんだよ。『今』じゃない、『今』はまだって延々繰り返して……。ま、どんな御託《ごたく》を並べても結局はあれだ、ただの根性なし」

ああそうさ、『好きだ』なんてたった三文字、伝えるタイミングならいくらでもあった。

なのに――言えなかった。

『ごめんね、今までみたいに謙ちゃんと二人きりでは会えない。もう決めたことよ、私には時間がないの』


いつかの美緒の言葉が、脳裏《のうり》に響く。

思えば、あれが最後のチャンスだったのかもしれない。

もしもあのとき想いを伝えていたら、ああ、そうしたら——。

「ばかだよなぁ。『今』じゃない、『今』はまだ……なんて弱腰のまま待ったって、そんな『今』、永遠に来るわきゃねぇのに……」

「わ、わかります……う、ううう紗綾《さあや》ぁ……」

「おい、なんだよいきなり……ってめちゃめちゃ涙ぐんでるし……！」

突然のことに驚く——が、事情を聞く必要はなかった。

遠くから、甘やかなはしゃぎ声がするのだ。

そういや橙寺の件ですっかり忘れてたが、中庭にいたよなぁ。

マスク越しのキスなんざ吐血《とけつ》……や、吐糖《ととう》もんの青春ぶっかましたやつらが！

さすがに何を話してるか、内容までは聞き取れない。

が、シンとした朝だから、二人の浮かれ声が屋上までバッチリ響いてくる。

俺よりも早くここに来てたってことは、城将も見ちまったのか、朝山《あさやま》と涼海《すずみ》の密蜜《みつみつ》テロを……。

「ううう紗綾ぁぁぁ……」

よろよろと柵《さく》へ近付く城将。

おいやめろ、今あいつらを見たら糖分過多でぶっ倒れるぞ！

誰か中和用に塩……いや唐辛子を撒《ま》いてくれ……ってああ、やっぱり……。

凶器のような蜜に当てられた城将が、へなへなとその場にへたり込む。

「もっと……もっと彼女に釣り合う男になりたかったんです。紗綾とは幼なじみで、ずっと一緒にはいられたけど、いつまでも頼りない『カッちゃん』のままで……」

ううう……と声を詰まらせた城将が、悔しそうに続ける。

「先生と同じですよ。『今』じゃない、『今』はまだって逃げてばかりで、でも他の男に先を越されるのはイヤだから、とにかく先制ブロックしまくって……。そんなことしてるうちに、あんなやつに……」

「朝山かぁ……。この二週間で急に株を上げたよなぁ～」

「紗綾のスマホ、待ち受けがいつの間にかあいつの写真になってたんですよ……。いつ撮ったんだろう、しょーもない顔でした。鳩《はと》が豆鉄砲《まめでっぽう》を食ったような……や、違うな、豆が鳩鉄砲《はとでっぽう》食ったような、きょっとーんとした顔で、それが余計に腹立つっていうか……」

いやいや、鳩鉄砲ってなんだよ……。

「まぁ、恋ってのはタイミングが全てだからなぁ。お前が涼海の待ち受けになる世界線もあったんだろうが、残念――朝山の方が先に頑張っちまったみたいだな」

「紗綾のこと、ずっと好きだったんです。あいつなんかより、もっとずっと前から――」

ポケットから出した作りかけのお守りを、城将が強く握り締める。

「待ち受けだけならまだいい。けど……紗綾のことは渡せない。あいつには絶対に渡したくないんです――」

「うーん、そうだなぁ～」

柵まで近付き、中庭の様子を窺《うかが》う。

涼海にからかわれたらしい朝山が、あわあわと真《ま》っ赤《か》な顔でうろたえていた。

「あの様子じゃ、正式にお付き合いを始めたってわけでもなさそうだぞ？　手を打つなら『今』かもなぁ」

「『今』ですか……？」

「言ったろ、恋はタイミングだって。決して煽《あお》るわけじゃあないが、意外なやつが上手《うま》くいったりダメだったり、タイミング次第で結末は変わる。案外、逆転ホームランだって狙《ねら》えるかもしれねぇぞ」

「ほ、ほんとですか⁉」

「や、どうだろうな……」

「ちょっ、そこはしっかり味方してくださいよ」

「悪いな、立場上、特定の生徒に肩入れはできねぇんだ」

気分的にはあれだな、定員一名の大学に教え子二人が受験する感じ？

平等に応援するくらいならまぁ、いくらでもできるけど……。

すっかり傍観者を気取っていたら、

「先生は」

「ん？」

「ぶっちゃけどうなんです、璃子ちゃんのこと」

ド直球に聞かれて、ぶはっと吹き出す。

危ねぇ、マスクなかったら飛沫《ひまつ》すんげぇことになってたぞ⁉

「物騒《ぶっそう》な話を蒸し返すんじゃねぇ」

「物騒？　女子高生から告られるのって、先生的には棚ぼたラッキーなんじゃ？　ＪＫ、可愛いとか思わないんですか」

「そりゃ可愛いさ。けどそれは赤ちゃんやワンコ見たときと同じ気持ちだぞ？　恋愛感情にはならねぇよ」

ああそうだ。もう十年以上は教師やってるけど、生徒相手に恋なんぞしたことはねぇ。

「えー、しないんですか、うっかり胸キュン」

「あー、するする、ガッツリ胃がギュンの方な。職場での面倒事は御免《ごめん》だよ」

「璃子ちゃんが卒業したら？　意外とあるらしいですよ、先生と教え子の結婚。年の差婚っていうのも珍しくはないし……」

さっき変に煽《あお》った仕返しか？

やけに焚《た》きつけてきた城将が、爽やかにとんでもないことを言う。

「ま、生徒の在学中に体から始める恋ってのはどうかと思いますけど」

「始めねーわ！　教え子だの年の差だの抜きにしたって、橙寺だけはねーよ、絶対ねぇ」

「気持ちはわかりますよ？　初恋相手の娘さんに手を出すなんて、想像しただけでヒリヒリしてきますもんねー」

ずばりと言葉にされて、冷や汗が流れる。

橙寺になまじドキッとしちまうから困る。

先ほど髪を触れられそうになったときの鼓動を思い出し、罪悪感がジワジワとぶり返す。

これが普通の恋愛感情ならまだいい。

だがあのざわめきは、『橙寺璃子』に心が動いたからじゃない。

彼女を前にすると、否《いや》が応《おう》でも美緒を思い出してしまうのだ。

制服もあのころと同じだし、とんだトラップだよなぁ。

諸悪の根源はあれか、胸の奥底でああ――

叶《かな》わなかった恋が、消化不良のまま腐り続けてるから……。

たとえ当たって砕けても、きちんと想いを伝えていたら――

そうしたら、ここまでこじらせることもなかったのかもしれない。

青い春の一ページとして、綺麗《きれい》な思い出に――

なんて、今となっては不毛なタラレバだな。

「やっぱりさ、あと一歩は踏み出しといた方がいいぞ？　タイミングを逃して手遅れになる前にな」

「そうは言っても、やっぱり怖いんですよ。もしフラれたら、紗綾の幼なじみですらいられなくなる気がして……」

「やった後悔より、やらなかった後悔の方が尾を引くぜ？　ソースはほら、この俺だ」

「うわー、イヤだなぁ先生みたいになるの」

「ならせいぜい頑張るこった。青春落第生の俺に言えるのはこのくらいだな」

「ううう、落第したくないよ～～！　僕だって、今年こそ紗綾に告タコしようって決めてるんです。でもああ、やっぱり怖いよ～～！」

ヘタレモードの城将が、あああと頭を抱える。

思い悩む生徒を前に悪いが、悩める権利も資格もとうに失った身からすりゃ、苦悩する姿すら眩《まぶ》しいわ。

中庭からは、相変わらずの青春が聞こえてくるし――

「ったく、どいつもこいつもキラキラだなぁ、おい……」

空を見上げると、高く澄んだ青の世界に襲われる。

「あーあ、帰れるもんなら、俺も帰りてぇよ……」

力なくつぶやくと、ああそれは美緒と璃子、どちらのものなのか――


『おかえりなさい』

凛《りん》とたおやかな声が聞こえた気がした。


謙吾的には早朝からとんでもないトラブルに見舞われたが、学校待機自体はその後大きな問題もなく終了。

二週間ぶりの下校時間を迎えた。

生徒が帰宅した後も職員室に残っていた謙吾は、自席の椅子にダラリともたれかかる。

「しっかし、どうすっかなぁ……」

橙寺のやつ、あの感じだと絶対告タコしかけてくるよなぁ。

断る以外の選択肢はない。が、それにしたってどう言えばいい？

告白をなかったことにするって手は、もう通用しねぇよなぁ。

穏便に、かつ確実に諦《あきら》めてもらう方法は……。

天井《てんじょう》を見上げ、考えを巡らせていると、

「藤崎先生ぇ、まだ帰らないんですかぁ？」

どこか舌足らずな声。ちょこんとウサギみたいに愛らしい顔が覗《のぞ》いた。

同僚の羽佐見未来《うさみみく》だ。

同僚と言っても、今年の春、教員になったばかりでピッチピチ。

ヨレヨレの俺と同列に扱うのが、申し訳なくすらある。

「ちょっと考え事してて……そうだ、羽佐見先生に助言をもらっても？」

「わわわ、私に助言なんてでできますかねぇ……⁉」

難題に身構えたらしい。

羽佐見が、あわあわと両手を振る。

「適任ですよ。実はその、女性の心理ってやつをご教示願いたくて」

「ふぇ？」

きょとんと瞬《またた》く彼女に、「あくまで一般論なんですけど」とぼやかしながら続ける。

「若い娘さんをなるべく傷付けずに、かつ確実に遠ざける方法ってあります？　受け取れない好意への処置っていうか、未練なく爽やかに新たな一歩を踏み出してもらうには、どんなアプローチが有効なのかなって」

「ももも、もしかして藤崎先生ぇ、だだだ誰かに告白されましたぁぁぁ？」

なぜか狼狽《ろうばい》した様子の彼女に、

「や、あくまで一般論！　ただの参考として聞いておきたいかな〜って」

と誤魔化す。

「そ、そうですねぇ……『傷付けないように』とは言っても、変に優しくされると未練が残っちゃいますしぃ……」

うーん、と小首をかしげた羽佐見が、「あ！」と思いつく。

「最低なクズ発言するのどうですかぁ？　『うわっ、私ってばなんでこんな腐った靴下みたいな男を好きだったんだろう……！』ってドン引きするくらいのこと言っちゃえば、未練なんて砕け散っちゃう気がしますぅぅ」

うへぇ、腐った靴下にはなりたくねぇなぁ……。

「ちなみにそれって、女性の方は傷付いたりしないもんかな？」

「多少はショックだと思いますけど、腐った靴下のために貴重な時間を使うのはもったいないって、すぐに新しくて綺麗な靴下探しに行くんじゃないでしょうかぁ。若い子って、案外切り替え早いですしぃぃ」

「なるほどねぇ……」

「も、もしかしてぇ、お相手はウチの生徒だったり……？」

「いやいや、だから一般論……！　やだなぁ、こんなオッサン、生徒が相手にするわけ……」

「そそそ、そんなことありませんっ！　藤崎先生、目には全然輝きがないですけど、それでもすっごく素敵でぇぇ。急な学校待機だって、先生がいろいろ仕切ってくれたから上手くいったわけでぇぇぇ」

「ハハ……そりゃどうも」

褒《ほ》めてくれるのはありがたい。が、前置きの方が気になって、オジサン素直に喜んでいいのかわかんねぇです。

ってか俺の目そんなに淀んでる？　指摘されたの今日二度目なんですが……!?

「や、お世辞じゃなくてぇ、先生のこと本当にスゴいなって思ってるんですぅ～。私なんてこの二週間、教師の威厳ゼロだったじゃないですかぁ。学校待機中は道具なくてメイクもできなかったから、いつもの大人な雰囲気も出せなかったですしぃぃ」

悪いが、普段から大人な雰囲気は出てなかったような――？

もっとも、学校待機中はいつにも増して先生感薄かったよなぁ。

パジャマ代わりに文実Tシャツ着た彼女を、何度か生徒と見間違えたり……。

思い出して、ついククッと笑ってしまう。

「もぉぉ、笑わないでくださいよ～～！　マスクで隠れるとはいえ、メイクしないといろんな粗《あら》が見えて大変なんですからぁ～。いくら童顔でも、生徒たちのツヤツヤお肌と比べちゃうとキメが……」

「ほう、どれどれ」

「ひゃっ、みっ、見ないでくださいぃぃぃ！　今日は顔むくんでて、ここ数日で一番のぶちゃいく顔なんです～～～！」

「ハハハ、大丈夫。羽佐見先生はいつも可愛いですよ。メイクしてても、しなくても」

げっ、俺が言うとなんかオッサンくさいな、セクハラみてぇ……。

気分を害してないといいけど……。

恐る恐る反応を窺うと、

「あ、あにょ……！」

顔を赤くした羽佐見が言った。

「ふ、ふじぃしゃき先生って、おおお付き合いしてる方いりゅんでひゅかぁ？」

（訳：ふ、藤崎先生って、おおお付き合いしてる方いるんですかぁ？）

めちゃくちゃ噛《か》んでんな、どうしたどうした？

不思議に思いつつも、苦笑まじりに答える。

「残念ながら、ミドサー男子フリーの試合に出ずっぱりで――」

――と、羽佐見の顔がぱぁぁっと明るくなった。

「こ、こんりょおひょくひいひましぇんか？　ががががっひょうひゃいひおひゅひゃれしゃまへひなっ……！」

(訳：こ、今度お食事行きませんか？　ががが学校待機お疲れさま的なっ……！)

「ちょ、羽佐見先生、噛みすぎ。噛んでないとこ探す方が難しいですって……！」

もはや新種の言語誕生と言っても過言ではないほどの噛みっぷりに、ぷはっと吹き出してしまう。

やばい、笑いすぎて腹痛ぇ……！

「ももう、笑わないでくださいよぉ～～～」

真っ赤なウサギさんが、ぽかぽかと叩《たた》くような仕草をする。

可笑《おか》しくも和《なご》やかな空気が広がって、けれど――

「んんんゴホンっ！」

水をさすように、職員室の入口から誰かの咳《せき》払いがした。

振り向くと、今日はやけに問題児な優等生が居残りしてやがった。

「橙寺、お前帰ったんじゃ……」

「藤崎先生、文実の委員会室までちょっと」

「ったく、みんなまだ残ってんのか……。文化祭準備もいいが、さすがに今日は帰れよなぁ……親だって心配してんぞ？」

ハァとため息をついた謙吾は、

「ちょっと行ってきます、あいつら早く帰さないと……」

羽佐見にそう言って、一足先に出た璃子の背中を追う。

なんだなんだ？

普段は淑《しと》やかな彼女の足取りがやけに早い。

急いでいるというか、荒々しくすらあって――何か怒ってんのか？

――ああ、この感じ、懐かしいな……。

あいつ、気にくわないことがあっても口にはしないで、なのにぷんすか動きが荒くなんの。懐かしい記憶に引っ張られ――

「おい美緒……」

「じゃないです！」

璃子の歩調がさらに早く、そして荒くなる。

「わ、悪い、俺の脳みそ旧式すぎて上書きが追いつかね……」

「不謹慎だと思います、職場で女性を口説《くど》くだなんて」

「あぁ？　そりゃいったい何の話だ」

思わぬ指摘に戸惑いを隠せない。

「可愛いとか言っちゃうんですね」

振り向きもせず、荒々しい歩調で先を行く璃子。

「職場で同僚相手にニヤニヤデレデレデュルデュルと！　不潔ですよ、不潔！」

歩調どころか、語調まで荒ぶりはじめた。

どうやら、先ほど羽佐見にしたオッサン発言がキモかったらしい。

「ありゃただの社交辞令だ、変な意味はねぇよ」

意図せずセクハラ感が出ちまったが、別にデュルデュルはしてなかったと思うぞ……ってい

うかデュルデュルって何⁉

「悪気はなかったんだよ、ただの『おはよう』感覚でつい……」

――ぴたっ。

急に足を止めた璃子が、くるりと振り返った。

「じゃあください、私にもおはよう」

「お、おはよう……」

気圧《けお》されながらも言葉通りに返す。

「ばか……」

ジトッと恨めしげな視線が謙吾を見上げる。

なんだよ、そういうこと……。

「あー、はいはい。お前も可愛いよ、可愛い」

視線も合わせず、ぞんざいにあしらう。

限りなくフラット。社交辞令の塊《かたまり》みてぇな『おはよう』だってのに、
彼女の頬が春に染まっていくのが、マスクの上からでもわかる。

「ちょっ、おま照れんなよ、ただの社交辞令だぞ……⁉」

「……な、なるほど、ものすごい威力ですね。草食の羽佐見《ウサギ》先生が女豹《めひょう》化するのもわかります」

「ちょわっ、なんつーこと言い出すんだ！　つーかみんな待ってんだろ、早く委員会室に……」

「行きませんよ委員会室なんて。みんなもう帰っちゃいましたし」

「ハァ？　じゃあなんで……」

「職員室じゃ話せませんから、今朝《けさ》の続き――」

今朝の続きと言いながら、いたずらな問題児の影はもうなかった。

「謝りたかったんです、今朝はちょっと、脅迫めいたことしちゃったから……」

彼女の眼差《まなざ》しはしおらしく、優等生然としていて――

「告タコまでに私のこと意識してもらうつもりが、あれじゃ逆効果だったかもって、怖くなって……」


〈お願いだから私のこと、嫌いにならないで？〉

不安げな瞳が、うるうると訴える。

その姿がいつかの美緒に重なって――


――ドクン……！

大きく心臓が跳ねる。

青い記憶に唆《そそのか》されて、

「泣くなよ……」

思わず伸ばしかけた手に愕然《がくぜん》とする。

どんなに脳がバグったところで、彼女は美緒じゃない。

それに、俺だって――。

視界に入った己の手は、高校時代とはまるで違う。

輝きのない、荒れ果てたオッサンの手だ。

今さら恋の残像に惑わされてどうする。

ああそうだ――。

文化祭まで保留にしたところで、いずれ言わねばならない。

変に気を持たせて深傷《ふかで》になるくらいなら、いっそ――。

覚悟を決めた謙吾は、心を鬼――もとい腐った靴下にする。

「あのなぁ、俺はロリコンじゃねーの、お子ちゃまなんかに興味は……」

「私……もう子どもじゃないです。少なくとも羽佐見先生には負けてない」

涙目だった璃子が、急に上目遣《うわめづか》いで瞬く。

濡《ぬ》れた瞳から、ミステリアスな色香が漂《ただよ》って――うう、確かに羽佐見先生よりずっと大人びて見える。

思えば美緒も大人っぽかったよなぁ……。

他の女子とは違うたおやかな仕草に、何度も釘付《くぎづ》けにな……って思い出に浸《ひた》ってる場合じゃねぇ！

腐った靴下王に俺はなる……！

「ばか言え、羽佐見先生の方がよっぽど魅力的だ。本物のオトナだし、俺と同じで『恋は遊び』だって割り切れるタイプだからな。いいよなぁ、後腐れのないアバンチュールを楽しめるって。あーあ、俺もお相手してほし～～」

羽佐見先生、巻き添えにしてすみません……！

心の中で土下座しつつ、着々と靴下を腐らせる。

「その点、お前みてぇなガキは面倒くさいんだよ。そりゃ勉強はできるかもしれねぇが、恋はまるで初心者――手軽に遊びたい俺からすると重いんだわ優等生」

あざ笑うように、冷たい言葉の数々を浴びせる。

形のいい璃子の眉が、キュッと歪《ゆが》んだ。

いいぞ、その調子だ！　どんどんドン引け！

閉店セールの最終価格かってくらいドーンと引いてくれ……！

「どうせお前、恋に恋してるだけだろ？　だから母親の、それもウゼェほど美化された化石話に惹《ひ》かれて、あげく俺を好きだなんて勘違い……臍《へそ》で茶を沸《わ》かせすぎて茶店《さてん》開けるわ！」

「なっ……勘違いじゃありません！　これは確かな恋……」

「はいはい、またお茶が沸きましたよっと。高校生の恋なんざ一時《いちじ》の気の迷い。すぐに心変わり……」

「……くせに……」

「あぁ？」

「その『一時の気の迷い』にもう何年も囚われてるくせに！　何が『恋は遊び』よ、お茶を沸かしたいのはこっちよ……！」

泣き叫ぶような声。美緒そっくりの瞳に射貫かれ――


〈何も言えなかった意気地《いくじ》なしのくせに！〉


いつかの腑《ふ》抜けっぷりを断罪されている気がして、言葉を失う。

声を出そうにも喉《のど》が冷たく強張《こわば》って、掠《かす》れ声すら出てこない。

固まったままの謙吾を、全てを見透かす鳶色の瞳が見上げる。

「もう手遅れですよ、いくら一途に思い続けたって」

そんなこと言われるまでもねぇ、俺が一番わかってるっつーの。

「ウチの両親、ものすごーく仲がいいんですから」

「へぇへぇ、そりゃよござんした」

やっぱ子どもだよなぁ。そんな揺さぶりでダメージ受けるとでも思ってんのか？

俺だっていい大人だ、今さらその程度のことで動じるかよ。

「ふふ、娘の私でも恥ずかしくなっちゃうくらいで」

「へぇへぇ、そりゃよござんした」

「朝から『行ってきます』のキスも激しくて」

「へ、へぇぇ……そ、そりゃよ……」

「あ、激しいのは朝だけじゃないですね、もうすぐ弟も生まれますし！」

「へへへへぇ⁉　そそそそりゃよござんした、少子化に歯止めがかかりますなぁぁぁ！」

（意訳：も、もうそろそろやめてくれませんかね、心が死にそうですヨ⁉）

「だから先生――？」

クスクス笑った璃子は、狙い澄ましたように続けた。

「私にすればいいじゃないですか。『一時の気の迷い』から醒《さ》めて、私に心変わりしちゃえばいいんです」

美緒の顔して、サラッととんでもねぇことを言いやがる。

だがな、迷うまでもない。

「そんなことできるわけ……」

「誕生日、教えてください」

「んぁ？」

唐突な質問に、ずるっと脱力する。

「いいじゃないですかそのくらい。それとも、代わりに激しいキスをくれます？」

「んなもんやれるか、六月一七日だよ！」

もうとっくに過ぎてるし、誕生日なんぞ隠す必要もないだろうと乱暴に答える。

「六月一七日、ですね？」

念を押すように言った璃子が「助かりました」と微笑む。

なんだよ、相性《あいしょう》占いにでも使う気かぁ？

そういうの好きだよなぁ、高校生。

『六月一七日生まれとの相性は最悪！　特にオーバーサーティのオッサン教師には関《かか》わらないようにしましょう！』

……みてぇなピンポイントな結果出ねぇかな。

軽く現実逃避していると──

「今日のところは、これで失礼しますね」

「あ……ああ、お疲れさん……」

よくわからんが、帰ってくれるらしい。

拍子抜けした感はあるが、よかった――。

次は何を言われるかと、内心ひやひやしていたのだ。

ひょっとして、腐った靴下作戦が効いたか？

すっかり安堵《あんど》していると、璃子の目元が儚《はかな》げに笑った。

「私、先生が思うほど優等生じゃないんですよ」

「あぁ？」

「それでは、ごきげんよう」

会話を打ち切るように深く頭を下げた璃子が、くるりと踵《きびす》を返す。


――さっきのあの目、何か隠してるよな……。


何かを言いたくて、でも言えなくて、儚げに笑って誤魔化す。

美緒《あいつ》の常套手段《じょうとうしゅだん》だ。

親には言えない、『助けて』のサイン――。

「お、おい……！」

遠ざかる背中に伸ばしかけた手を、だが力なく下ろす。

見覚えのある恋しい後ろ姿は、けれど幻――苦く青い春の残像だ。
「ったく、重ねるのは歳《とし》だけにしろっての……」
かつての輝きを失った己の手に、フッと苦笑する。
そうだ、彼女は美緒じゃない。
安易な優しさは禁物――毒にしかならねぇ。
重ねるな、深入りするな、俺は腐りきった靴下《クズ》――！
己に強く言い聞かせた謙吾は、徐々に小さくなっていく璃子の背中を無言で見送った。

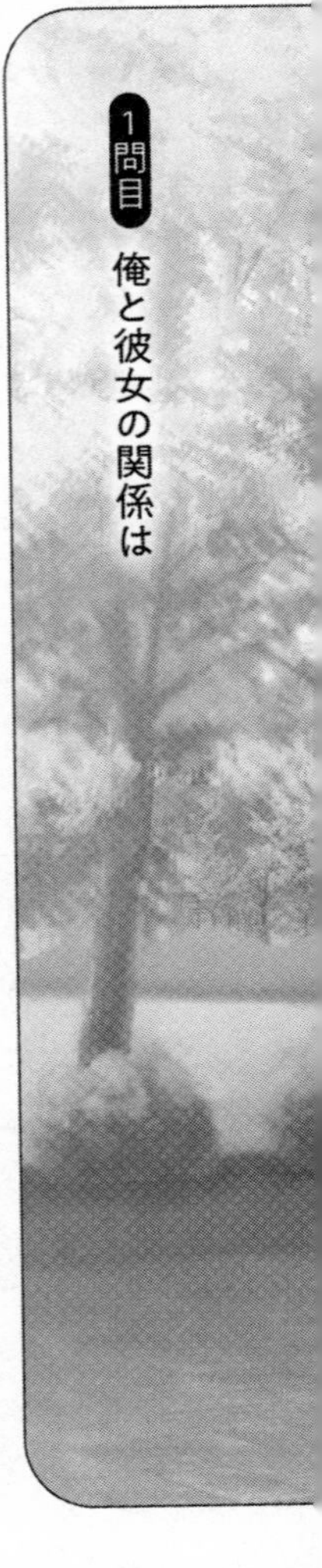

1問目　俺と彼女の関係は

七日星《なのかぼし》ウイルスによる突然の学校待機は無事に終了。

自宅でゆっくり休養を——と、その後数日は臨時休校になって、シルバーウィークでもあったから、さらにお休みが続いて——。

今日からようやく通常モード、約一週間ぶりの登校だ。

鼻まできっちりマスクをした真守《まもる》は、晴れやかな気持ちで学校へ向かう。

七日星の新規陽性者を報じるニュースは連日のことで、厄介《やっかい》な感染症との闘いはまだ続いている。

また大勢の感染者が出て文化祭が中止になったら……。

不安は尽きないけど、今はただ自分にできることを頑張《がんば》るだけだ。

休みの間もタコ形お守り作りまくったし、絶対に実現させるぞ文化祭——！

意気込みも新たに、吾嶌《あしま》高校へ続く道を歩いていると、

「マモちゃん、おっはよ〜〜！」

後ろからとととっと走ってきた紗綾《さあや》が、真守の前に回り込む。

今日から冬服への移行期間——カーディガン姿がすごく新鮮だ。

肩を落としたオシャレ上級者っぽい羽織《はお》り方とか、手の甲が袖《そで》に隠れて萌《も》え袖になってるところが、違法なくらいあざと可愛《かわい》いんですけど……！

「ねぇこれ小顔マスクだよ、似合う？」

萌え袖から伸びる指が、身につけているピンクのマスクを差した。

思えば学校待機中に配られたマスクって、先輩には大きめだったのかも。

今してるのは、ジャストサイズでよく似合ってる。

優しいピンク色も、透き通るような白肌をより美しく見せていて——。

まぁ口下手な俺《おれ》には、

「そ、そうですね、いいんじゃないですか？」

くらいのことしか言えないんだけど。

「もぉ〜、マモちゃんってばそれだけぇ？」

むぅと不満顔の紗綾。

せっかくの小顔マスクがぷっくーと膨らむ。

「あの……さっきから気になってるんですけど『マモちゃん』って、もしかしなくても俺のことだったり……？」

「そだよ？　真守だからマモちゃん♥　朝山《あさやま》クンじゃ長いしね〜」

「や、それにしたってマモちゃんはちょっと……」

タキシードで薔薇《ばら》投げなきゃいけないような気になっちゃうんですが⁉

ただの爺《じい》には畏《おそ》れ多すぎる呼び名ですぞ……！

それに──だ。

ざわざわざわ。グサグサグサ。

不穏なざわめきと、刺すような視線が痛い。

通学途中のこの道は、他の吾嶌生もいっぱいで、
学校一の小悪魔アイドルに『マモちゃん』なんて呼ばれている俺は、

〈ハァァ？　あいつ誰《だれ》だよ、なんで涼海《すずみ》さんに名前呼びされてんの？〉

なんて敵意に満ちた眼差《まなざ》しの総攻撃に遭う。

「マモちゃんも私のこと名前で呼んでほしーぞ？　いつまでも先輩呼びだと長いし、距離感あるっていうか」

「そ、それじゃあ……さっ、紗綾……」

ざわざわざわ！　グサグサグサ！

「……さまっ！　ささささ紗綾さま、ご機嫌はいかがですかな⁉」

視線に怯《ひる》んで、思わず『さま』付けしてしまった。

「待って待って、急に『さま』付けってどゆこと⁉　距離感ありすぎで七日星もびっくりだよ、階級ディスタンス……！」

だってほら、馴《な》れ馴れしい呼び名は周囲の視線が刺さりすぎるのですじゃ……。

「す、すみません……これまで通りの呼び方でいいですか？　『マモちゃん』っていうのも、俺には荷が重すぎるっていうか……」

「そっかぁ。急にごめんね、あさやまもちゃん♥」

姫さま、物わかりのいい顔でさりげなく『マモちゃん』を混入するのはやめてくだされ。

それだと『朝山クン』より長くて言いにくいですし——

「こっ、これまで通りでお願いしますじゃ……」

改めて告げると、姫さまはご機嫌ななめ。

文字書いてる途中でペンのインク切れちゃったんですけど～～！

すんごい歯がゆいんですけど～～みたいな目で見てくる。と——

「おはよう**紗綾！**　それからついでに朝山君」

ぬっと音もなく現れた城将《じょうしょう》が爽《さわ》やかに、だけど紗綾を呼び捨て《よびすて》を強調するように言った。

で、出たな、隠密守護神《おんみつキーパー》……！

「**紗綾**、そのマスクすっごく似合ってるよ**可愛い！**」

真守にはハードルの高いセリフをサラッとドヤっと言ってのけた彼は、

「朝山君、紗綾に名前で呼ばれたくらいで調子にのらないでくれたまえよ？　僕なんてもう長いこと『カッちゃん』で通ってるんだから」

さすがは守護神、姫さまには聞こえないボリュームでさっそくブロックを仕掛けてきた。

だけど負けるもんか！

「そういえば聞きましたよ、二人は幼なじみなんですって？　城将先輩、紗綾先輩にオムツ替えてもらったこともあるとか。同い年なのに情けないっていうか、そりゃ『カッちゃん』呼びされても不思議じゃないですよね～」

まさかのブロック返しに、「う……」と固まる城将。

「し、失敬《しっけい》だなぁ……さすがにオムツは替えてもらってないよ、た、たぶん……」

ヘタレ全開だった幼少期が恥ずかしいのだろう。

上擦《うわず》り声になった城将は、だがしかし決死のブロック返し返し！

「**もっとも、パンツをはかせてもらったことはあるけどね！**」

「へぇー、パンツはあるんですねー……ってそれどんなマウントですか！　普通に恥ずかしい話ですよ、キリッとイイ顔で言わないでくださいよ！」

「**紗綾もさ、僕に見せてくれたことあるよ、可愛いパンツ姿**」

ひぃぃぃ！　守護神が急に攻め込んできたよ、守りながら手裏剣《しゅりけん》まで投げてこないで⁉

「でで、でもそれってあれですよね、あくまで**小さいころ**の話ですよね？」

それならまぁ、悔しいけどしょうがないですじゃ……。

そう思って流そうとしたのに、

「いいや、**高校に入ってから**だよ」

どえぇぇ～～！　幼少期ならともかく、思春期入ってからパンツ見せてもらえる関係って何⁉

こ、これはあれだ、ガセネタで俺を動揺させようと……。

「あ、信じてないって顔だね。疑うなら紗綾に聞いてみれば？」

「そ、そんなこと聞けるわけ……」

「なら僕が聞いてあげるよ。ねぇ紗綾、前に見せてくれたことあったよね、黒のパン……」

「かかかカッちゃん、その話はダメ～～～！」

羞恥《しゅうち》にシュッと沸騰した紗綾が、真《ま》っ赤《か》な顔でぶんぶん両手を振る。

あ、この反応、ほんとに見せたことあるやつだ……。

「あああ、あのね朝山クン、あれはまだ高校入学したてのころでその……なりゆきで、ね？」

なりゆきってどんな⁉　場の流れでつい……ってやつ⁉

『カッちゃん、私だってもう高校生。子どもじゃないんだよ――？』

城将先輩の前でチラリ。スカートを捲《めく》ってみせる物欲《ものほ》しげな姫さまを妄想《もうそう》してしまってグハァアアアッ――思わず吐血《とけつ》しそうになる。

あ、すみません、ちょっと鼻血も出そうです……。

弱ったな……パンツ先制点なんて、隠密守護神は想像以上に強敵みたいだ。

それに――彼の強みは他にもある。

姫さまの隣じゃどうしたって刺さりがちな周囲からの嫉妬光線《しっとこうせん》も、

〈まぁ相手が城将ならしょうがないか……〉

〈悔しいけど、俺らじゃ太刀《たち》打ちできねぇもんなぁ……〉

ノールックで華麗《かれい》に弾《はじ》き返せちゃうのだ。

城将先輩、男の俺から見てもカッコいいもんなぁ、背だって高いしさ……。

外見だけじゃない。勉強もスポーツもバッチリで、そりゃヘタレな一面こそあれ、普段は余裕たっぷりな爽やか好青年。

認めたくはないけど、姫さまと並ぶとお似合いのカップル感がハンパない。

それにひきかえ、俺は——。

ざわざわざわ。グサグサグサ。

華麗な二人に挟まれ、完全に悪目立ちしている。

自分で言うのもなんだけど、良くも悪くも『空気』って感じの薄い存在感だもんなぁ。

それが学校閉鎖が明けたとたん、急にイケてる二人とご一緒してるんだから、
事情を知らない姫さまファンからすれば、

〈——で、あいつ誰よ？　なんで涼海さんと一緒にいんの、邪魔じゃね？〉

とか言いたくもなるよなぁ……。

すっかり畏縮《いしゅく》していると、城将がフンと鼻で笑った。

「まさかとは思うけど、あの程度の視線に怯んでいるのかい？　いっそ説明してあげたらどうかな、君と紗綾との関係——」

できるものならね、と言わんばかりの眼差しに対抗心が燃え上がる。

いいでしょう、言ってやりますよ！

「おっ、俺と紗綾先輩の関係は――」

ざわざわシン――。

急にざわめきが止《や》んで、だけど冷気みたいな緊張が走った。

ピリッとした沈黙の中――

「その……たっ、ただの先輩後輩ですよ、強《し》いて言うなら文実《ぶんじつ》仲間っていうか……」

怖《お》じ気《け》づいてハハッと笑った瞬間――

〈なーんだ、文実だから一緒なのか。それなら納得～！〉

張り詰めていた空気がウソみたいに和《なご》んだ。

ある一箇所を除いては――。

「ふぅーん、ただの先輩後輩かぁ～～～」

局地的に、綿あめの怨念《おんねん》めいた声が響く。

ひ、姫さまの目が笑ってるようで、全然笑ってない！

「朝山クン、オラなんだかモヤモヤすっぞ?」


さすがにあれはマズかったよなぁ……。

久々にクラスみんなが揃《そろ》った対面授業――なのに真守は少しも集中できずにいた。

ダルダルでやる気ゼロな藤崎《エビサキ》先生の授業だからっていうのもあるけど、それだけじゃない。

今朝《けさ》の件が気になってしょうがないのだ。

なんで言っちゃったんだろう、『ただの先輩後輩』だなんて……。

周囲の視線に負けたとはいえ、もう少し言い様《よう》があっただろうと、荒波のような後悔が押し寄せる。

もっとも、俺の発言にモヤモヤ全開だった姫さまは、だけどすぐに笑ってくれた。

『そういえば私、ブドウ食べてきたんだ～！　すっご～～く美味《おい》しいやつだよ？　へへへ、朝から天下一ブドウ会っ！』

あまりに明るく言うもんだから、ちょっと拍子抜け。

先輩が怒ってない——それ自体は良かったけど、逆にどうなんだろう。

先輩は俺のこと、『ただの』ではないにせよ、『そこそこの後輩』としか思ってないってこと……？

正直、言えるものなら言ってしまいたかった。

俺たちはただの先輩後輩じゃない、もっと『特別』な関係だって。

だってさ、俺たちは学校待機最終日のあの朝、マスク越しではあったけど——

——キス、したよな……⁉

その証拠に俺のマスクに彼女のリップが付いて……

『Marking《マーキング》!』

可憐《かれん》な指鉄砲《ゆびでっぽう》を思い出し、ボボッと頬《ほお》が再燃する。

……マーキングされるって、すごく『特別』なことだよね……？

好きな人に印《しるし》つけちゃえ、きゃはっ♥ってやつだよね？

つまりは俺たち、両想《りょうおも》いなんだよね――⁉

そう信じたい反面、あれって本当にそーゆー意味だったのか？　と不安もよぎる。

先輩受験生だし、『マーキング（シート頑張るよん）！』的な試験への意気込み表明だったのかもしれない。

それかあれだ、『まぁ王様《キング》！』説もあるよな、中庭に隠れてた王様見つけちゃいました的な……？

あとはあれだ、俺の壮絶な聞き違い！

本当は『Marking《マーキング》！』じゃなくて『Walking《ウォーキング》！』だったのかも、あのとき散歩中だったしね！

どの説もうん、なくはないな………ってないよ、全然ナイっ！

あれはどう考えてもそーゆー意味のマーキングだったろ、しっかりしろよ俺！！！！

ちなみに、あの日の質問――

『朝山クンはネコ派、イヌ派、それとも私派？　さーて、どれでしょう！』

なんてめちゃくちゃなクイズには、こう答えた。

『せ、正解は……せせせっ先輩……かな……？』

かな……？　ってなんだよ、そこは断言しろよ！

……と今は思うけど、あのときはそれが精一杯。

先輩も『君にしては頑張った方かぁ』って笑ってくれたっけ。

嬉《うれ》しそうな彼女が無限に可愛くて、

『フォォォォ～！　俺たち両想いだよね、全面幸福だイェ～イ！』

なんてすっかり舞い上がってしまった。

だけど、一週間もの休みを挟んで冷静になった今――


――あの一連の両想いムーブ……あれ全部、姫さまの壮大なからかいだったんじゃ……？


そんな弱気が急成長をみせたのだ。

なんたって、相手は学校一の小悪魔だし……。

だって、先輩が俺のどこを好きになってくれたのか――悲しいかな、まるで心当たりがない。

そりゃ二週間、同じ班で助け合った仲だ。

前よりは格段に距離が近付いた、とは思う。

ライト級のからかいが、急に甘さと激しさを増したなって、学校待機中も感じたし。でもだからって、その親密さがＬＯＶＥ由来かっていうと、うーん、そうとも言い切れない気がする。

実際のところ、俺と先輩の関係ってなんなんだ⁉

『俺たちの関係は両想い《トクベツ》なんです！』

って宣言したい気持ちはエベレストだけど、

『えぇ～あのマーキング本気にしちゃったの⁉　ごっめーん、ただのジョークだぞ？』

とか否定されたら地下深くどころか、がっつりマグマ到達レベルでヘコみますぞ、再起不能ですじゃ～～！！！

こんなことならクイズの答え、『先輩……かな……？』なんてはぐらかさずに言ってしまえばよかった。

『正解は先輩に決まってます！　っていうか好きです！』ってさ――。

あの流れ、よくよく考えたら告白にはベストすぎるほどのチャンスだったのに……。

タイミングを逃した今『お断り』されるのは、余計にダメージが大きい。

「あ～ダメだ、こんなんじゃダメ、もう全然ダメ……！」

「朝山……先生の授業、そんなにダメか？　まぁまぁダメくらいで勘弁してくれねぇかな」

ヤバい、思わず口に出してたみたいだ。

地味にショックを受ける先生に、「いっ、今のは俺の成績の話で……!」と慌てて誤魔化《ごまか》す。

とりあえず、今は授業に集中しなきゃだよなぁ……。

ふっと隣席の璃子《りこ》を見ると、さすがは優等生。

先生の話を食い入るように聞いている。

食い入るっていうか、食いつきそうっていうか、もはや食いかかりそうな勢いすら感じる。

すごい集中力……というか橙寺《だいだいじ》、先生のこと見すぎじゃない——?

先生板書中だよ、たまには黒板のことも見てあげて⁉

あまりに熱い視線に、ハッと気付く。

ひょっとして、橙寺は先生に——


『まぁまぁダメな授業でもダメです、もっとしっかりしてください!』


って訴えてるのかも、無言の抗議ってやつ——!

とはいえ、それでノートもとらずにガン見って、優等生的には本末転倒じゃないかな⁉

真面目《まじめ》すぎるクラスメイトに、思わず苦笑する真守だった。

2問目 いたずらな彼女たち

その日の放課後は久々に文実《ぶんじつ》会議が開かれた。

学校閉鎖中は離ればなれだった顔ぶれも勢揃《せいぞろ》い。

「文化祭の新日程は約一月《ひとつき》後——みんなで最高の一日にしよう！」

スクエアメガネをキリリと光らせ、メンバーの士気を高めたのは文実の大黒柱——阿窯《あがま》委員長だ。

実は七日星《なのかぼし》で入院していた彼は、だけどもうすっかり回復したようだ。七日星の特徴といわれる星形の発疹も、綺麗《きれい》に引いている。

元気そうでよかった——安堵《あんど》する真守《まもる》に、阿窯が言った。

「アップアップ作戦、朝山《あさやま》が考えたそうだな」

学校待機の様子をポジティブに発信《アップ》、あらぬ誹謗《ひぼう》中傷を受けた吾嶌《ウチ》のイメージアップを図ろうと、ダブルのアップを狙《ねら》ったアップアップ作戦。

その大本は、確かに真守が考えたものではあるのだけど——改まってなんだろう？

戸惑っていると、

「**作戦名は酷《ひど》い**が名案だったな。一時は中止かと思われた文化祭を見事救ってくれた、本当にありがとう」

深々と頭を下げる阿窯に続いて、他のメンバーも声を上げた。

「そうかあれ、朝山の発案かぁ。**作戦名は酷いけど**やるじゃん！」

「**作戦名は酷いけど**大成功だよな、あれのおかげでウチへの中傷激減したんだろ？」

どうやら褒《ほ》められてる……ってことでいいんだよな⁉

作戦名の酷さが枕詞《まくらことば》みたいになってるけど……！

思わぬ賛辞と安定のネーミングいじり——ダブルの気恥ずかしさで頰《ほお》が熱くなる。

「**作戦名は酷いけど**ほんと最高だったよね～。いろんなメディアでも取り上げられて……昨日なんて朝山クン、新聞にも載ってたし！」

ペンを手にフフッと声を弾ませたのは、隣席の紗綾《さあや》だ。

「や、けど、ああいう取材って紗綾先輩が対応した方が良かったんじゃ……」

学校待機中の文実を引っ張ってくれたのって実質、紗綾先輩だし……。

「ダメダメ、あの作戦は朝山クン、君のお手柄だぞ？」

「そんな……俺《おれ》は本当に思いついただけで、作戦が成功したのはみんなのおかげですよ。なのに俺ばっかり前に出て申し訳ない気がして……」

「そんなことないです……！」

セミロングの髪を揺らし、急に声を上げたのは一年の久錐優仁子《くすいゆにこ》だ。

「ウチへの誹謗中傷が酷くなったの、そもそもは私がうっかりSNSにお守りの写真アップしちゃったせいで……。でも朝山先輩、私のヘマをすっかりカバーしてくれて、すごくすご～くカッコよかったです……！」

まだ幼さの残る顔立ち——彼女の円《つぶ》らな瞳《ひとみ》から、キラキラと星屑《ほしくず》みたいな視線が飛んでくる。

後輩からこんな熱のこもった視線向けられることって、今までなかったよなぁ……。

これってあれか、いわゆる尊敬の眼差《まなざ》しってやつ⁉

「や、あれはその……ハハ……」

慣れない視線がこそばゆくて、もじもじしていると——バキッ。

隣の席からものすごい音がした。

何事かと目をやると、ひ、姫さま——⁉

紗綾の手にしていたペンが真っ二つに折れていた。

「いっけなーい、文化祭が楽しみで気合い入れすぎちゃったぞ♥」

え、セリフとトーンが一致してなくなくなくなくない⁉

「お、涼海《すずみ》、ナイス意気込みだな！」

ハハッと笑った阿窯が、何事もなかったかのように会議を進めていく。

「朝山はもちろん、みんなもありがとう。七日星の影響で制約の多い文化祭にはなるが、気を引き締めて頑張《がんば》ろう！」

「あの……屋台のジュースに使う予定だった紙コップ、キャンセルするのすっかり忘れてて、それも返品不可のやつで……」

メンバーの一人が、委員会室の隅の段ボール箱を申し訳なさそうに見やる。

七日星の影響で文実名物のタコ焼きは中止。タコ焼きと合わせて販売予定だったジュースもナシになった……のだけど、発注を止め損ねた紙コップが届いてしまったようだ。

「急な路線変更だったからな。よし、先生には俺から事情を話しておく。生ものと違って消費期限もないし、七日星が収まったころ打ち上げに使えばいいさ。他にキャンセル漏《も》れがないか、念のため確認しておいてくれ」

頼もしく答えた阿窯が、テキパキと指示を出す。

「屋台が中止になった他団体にも注意喚起した方がいいな。各団体とも、路線変更自体は上手《うま》くいってるんだよな？」

「はい、全《すべ》ての団体から再申請があり、承認作業も滞りなく終わりました」

「そうか。知っての通り文実《ウチ》も急きょタコ形お守りを販売することになった。みんなの頑張りもあって、今のペースでいけば一三〇〇個という目標数もどうにか達成できそうなんだが――」

そこまで言った阿窯が、急に深刻な顔になる。

「お守りばかりに気を取られて忘れてはなかろうか、後夜祭で行われるキャンプファイヤーのことを……」

い、言われてみれば……！

文化祭の本祭終了後に行われる、吾嶌《あしま》生だけのお楽しみ――後夜祭恒例のキャンプファイヤーを彩《いろど》るイベントも文実の主催だ。

去年は確か、特設ステージでの歌やダンスが盛り上がってたよなぁ……。

炎に照らし出された舞台に飛び入り参加する生徒もたくさん。

『文化祭中に恋が実りました～～～！』なんて報告するカップルまでいて――。

文化祭をやり遂げた解放感なのかな、不思議な興奮と熱気に溢《あふ》れてたっけ。

「やだなぁ、忘れるわけないよ～」

阿窯の発言を笑い飛ばした紗綾が、ピッと人差し指を立てる。

「今年はキャンプファイヤー囲んで踊るんだよね、みんなでフォークダンス！」

「そのフォークダンスが問題なのかもしれないね。踊ると呼気が激しくなるし、そもそも手を繋《つな》いでダンスっていうのが七日星的にアウトなんじゃないかな」

冷静に分析する城将《じょうしょう》に、「その通り」と阿窯が頷《うなず》く。

「今年のキャンプファイヤー、マスコミの取材が入るらしくてな。校長から『吾嵩のさらなるイメージアップに繋がるよう、完璧《かんぺき》な感染対策のもと、節度を守った輝かしい青春を演出してくれ』とのお達しがあったそうだ」

「ええ、それじゃ路線変更待ったなしじゃないですか。いくら消毒したところで、大勢が手を繋いでダンスなんて心証悪すぎですよ」

メンバーの誰《だれ》かが無念そうに言った。

確かにフォークダンスって踊る相手が次々に変わってくし、いくら屋外でも感染リスク高すぎだろって、クレームの嵐《あらし》に見舞われそうだよな……。

せっかく持ち直した吾嵩の評判ガタ落ち、悪い意味であっぷあっぷになるんじゃ……。

「そんなぁ。告タコからのフォークダンス、みんなの恋を盛り上げる最高の舞台だと思ったのに……」

しょぼんと肩を落としたのは久錐だ。

「意中の相手と踊れる順番を待つの、それでなくてもドキドキなのに、それが告タコ成功後ならエモエモ爆上げレボリューションって感じじゃないですか?」

「だよねだよね、みんなの恋が最高潮になるとびきりのチャンスだったのに〜〜」

他の一年女子も残念がっている。

そういえば、フォークダンスを企画したの一年生だっけ。

告タコの件もだけど、みんなの恋を応援したいって張り切ってたよなぁ……。

「なるほどねぇ～。企画が上がったころは普通に楽しそうとしか思わなかったけど、恋愛中の生徒にはまさに夢のシチュエーションかも！」

今まさに恋愛中です！　みたいな顔をした紗綾が、急に真守の方を向いた。

「ダンスの途中でほら、耳元で愛をささやかれちゃったりして。みんなには聞こえない秘密のこ・く・は・く♥　いいなぁ～、そういうの」

ねだるような甘い流し目に、ヤバい！　顔が勝手に赤くなる。

もしかして俺に言ってるのかも……なんて、さすがに自意識過剰すぎだよな？

「と、とはいえ耳元で話すなんて、このご時世じゃそれこそ無理なんじゃ……。ほら、マスク越しだとささやき声も聞き取りにくいですし……！」

照れもあって、思いっきり否定してしまった。

ああ、姫さまの視線が闇《やみ》の波動を帯びていきますじゃ……！

「いいんじゃないですか、今年はイベントもなく、ただただ火を囲む、というのも――」

姫さまよりずっと濃い闇を纏《まと》った声が響いた。橙寺《だいだいじ》だ。

「みんなで黙々と炎を見つめて……後はそうですね、受け取り拒否されたタコ形お守りのお焚《た》き上げ会はいかがでしょう？　ふふ、いっそキャンプファイヤーの火が、この不毛な想《おも》いを燃やし尽くしてくれたらいいのに――」

笑ってるけど、目の奥が全然笑ってない……！

それに、また告タコが失敗する前提で話してるし！

何かあったのかな、以前にも増して闇の病みオーラがすごい。

そもそも、橙寺の好きな人って誰なんだろう？

美人だし性格もいいし、こんな子に迫られたら普通はコロッといっちゃうんじゃ……？

そう思えるくらい魅力的な子なのに、不思議だよなぁ。

彼女の恋は、望み薄みたいだ。

や、それにしたって、お焚き上げ会はどうかと思うけど……。

せっかく一年生たちが企画してくれたんだ、完全とはいかなくても前向きに工夫して——

「さすがに手を繋いでのダンスは無理だけど、間隔を空ければどうにかなるんじゃないかな？

何かを挟んで間接的に繋がるとか……そうだ、ディスタンスを確保したダンス——つまりは
ディスダンス！」

ヤバい、勢いで発言したものの、『相変わらずネーミングダサっ！』みたいなみんなの視線
が痛い……！

「何かを挟んで繋がるって、具体的にどゆこと？」

メンバーからの指摘に、「え、ええと……」となんとかアイディアを絞り出す。

「ふ、二人で棒の端と端を持って踊る……とか⁉」

「棒って例えば？」

「き、木の枝……？」

答えつつも、それはないわーと自分でもわかる。

そもそも木の枝集めるの大変だし、枝を握りながら踊るなんてチクチク刺さって痛そう……！

「す、すみません、いい案浮かばなくて……。でもその、ただできないから諦《あきら》めるんじゃ文実らしくないっていうか、ここはやっぱり今できる最善を模索したいなって……」

「よきよき、それでこそ君だね！」

ふふっと嬉《うれ》しそうに立ち上がった紗綾が、委員会室の隅から何やら取ってくる。

「これなんてどうかな？　フォークダンスみたいなパートナーチェンジはナシ、特定の相手とこれの端と端持って踊るの！」

紗綾が手にしていたのは文化祭の校内装飾用に作られた輪飾り——短冊に切った折り紙を輪っかにして繋げたペーパーチェーンだ。

「これ紙だし、乱暴な踊り方したら切れちゃうでしょ？　だからさ、ゆったりめな音楽にのせて優しく踊るの！　それなら呼吸も乱れないし、感染対策的にもマルだよね？」

カラフルな紙のチェーンをしゃらしゃら揺らしながら、パチッとウインクする紗綾。

「それ最高です～！　**木の枝より断然**可愛《かわい》いしロマンチック！」

ち上がりますぅ〜〜！」

「同感です！　木の枝より断然文化祭感あるし、健全だけど適度なドキドキ感もあって恋がぶ
　一年の女子たちがわっと歓声を上げた。

　そしてああ、今度は『木の枝より断然』が枕詞みたいにイジられてる……！

「ハハハハ……」

　苦笑していると、久錐がすかさず言った。

「わ、私は木の枝も、先輩の斬新《ざんしん》な感性が光っていいなって思いましたよ⁉」

　なんだろう、今日はやけに持ち上げてくれるような？

　でも無理して褒めてくれなくていいんだよ⁉

　逆に恥ずかしくなっていると、

「折り紙なら費用的にも問題なさそうです。輪飾りを追加で作る手間も、参加者各自の協力があればクリアできるかと」

　暗黒面から帰ってきた会計係の璃子《りこ》が、ノートにメモを取りながら言った。

「感染対策を徹底しつつ生徒手作りのペーパーチェーンでダンス、か――。絵的にも映えるし、爽《さわ》やかでマスコミ受けもよさそうだな」

　ふーむ、と感心したように唸《うな》った阿窯は、だが盛大に出端《ではな》を挫《くじ》かれる。

「エビサキ先生、早速校長に許可を……って今日もいないな……⁉」

「あ、私がお伝えしてきます！　先生、また職員室でダルっとサボり中だと思うので」

さすがは優等生、橙寺が進んで引き受ける。だけど――

「あーエビサキなら、さっきウサギ先生と話し込んでたぜ。あの二人、学校待機終わってからやけに親密じゃね？」

誰かのタレコミに――バキッ。

彼女の手にしていたペンが真っ二つに折れた。

「いっけなーい、文化祭が楽しみで気合い入れすぎちゃいました♥」

え、またまたセリフとトーンが一致してなくなくない⁉

ていうかみんなのペン折れすぎじゃありませんかね、昨今のペンそんな繊細……⁉

「お、橙寺、ナイス意気込みだな！」

ハハッと笑った阿窯が、またまた何事もなかったかのように会議を進めていく。

「しかしあれだな、ダンスを踊るペアはどう決めればいいんだ？　各々《おのおの》自由に相手を選ぶ感じか」

「それこそ告タコお守りでダンスをお誘いするって展開、エモくないですか？」

「やーん、それいい～！　恋が高まる予感しかない！」

恋バナ好きの女子たちが、甘酸っぱい期待に沸いている。で、でもさ――

「それだと誘われなかった人はどうなるのかな⁉　一人だけ余っちゃったりとか……」

俺とか俺とか俺とか⁉

それに、みんながみんな告タコするわけじゃないし……。

「そこは文実メンバー総出でフォローしよ！　チェーンの数増やして、何人かで輪になって踊るって手もあるし、恋をしててもしてなくても、みんなに楽しんでほしーな！　あ、もちろん強制はナシね！　ダンスはちょっと……って子は、純粋に炎と音楽を楽しんでもらお？　そだ、軽音部のＨＡＲＵＴＯ君に生演奏頼んじゃおっか！」

次々に案を出した紗綾が、真守に向けてボソリ。

「ま、君の場合は一人余っちゃうことはないと思うけど」

そ、それってどういうこと？

姫さまからお誘いいただけるとか思っちゃっていいの⁉

思わせぶりな視線に、問答無用で胸が高鳴る。

「よし、方向性も決まったことだし、一旦《いったん》休み入れるかー」

そんな委員長の言葉で会議は一時中断、「ジュースでも買いに行くかぁ」とメンバーの多くが委員会室を出て行く。と――

「なあ、ちょっといいか」

真守のそばまでやって来た阿窯が、コソコソッと聞いた。

「朝山、ひょっとして涼海と何かあったか？　やけに親密度が上がっているようだが……」

「へっ⁉　や、何かあったようなー、なかったようなー～？」

よもやの質問に、あたりさわりのない答えを返す。

「そうか……。いつもなら会議でも他の女子たちと戯《たわむ》れている涼海が、今日は朝山のことばかり見ているので気になってな」

え……委員長ってば、なんでそんなことが気になるんです――？

困惑していると、彼はスクエアメガネをクイッと上げて言った。

「実はな朝山、涼海は俺に懸想《けそう》していてな。この数年、俺を恋《こ》い慕《した》い、優しくしてくれた」

えええ、そんなの初耳なんですが⁉

ていうか紗綾先輩、前にキスしたい相手なんていなかったって言ってたし、それって好きな人もいなかったってことなんじゃないかな？

つまりは先輩に恋い慕われてるなんて、委員長の盛大な勘違い……。

や、だけどここまで断言されると否定もしづらいというか……え、俺、紗綾先輩に手を出すなって牽制《けんせい》されてる……⁉

「ああ、気を悪くしないでくれ。涼海の興味がお前に移ったのなら、こんなに嬉しいことはない……！」

「へ……？」

「実は俺には心に決めた人がいてな。涼海に想いを打ち明けられたところで応えてはやれない。だけどああ、彼女が新たな恋に踏み出してくれたのならよかったよ」

ひぃぃ、委員長ってばポジティブ自惚《うぬぼ》れ……！

「しかしあれだな、涼海だけでなく、孤立しがちだった颯真《そうま》まで朝山に懐《なつ》いたって話だし……さてはモテ期到来だな、グッドラック！」

ピッと親指を立てた阿窯が、爽やかに委員会室を後にする。

ちょっ、モテ期って、それも颯真君までカウントするとかどういうこと……⁉

真面目《まじめ》なのにどこかズレてる委員長に、思わず苦笑い。

けどそういえば颯真君、今日の会議じゃまだ発言してなかったよな……。

孤高の野良《のら》ネコみたいなとこあるし、ダンスの話題には興味ないのかも。

そういうのは青春押しつけ組だけで楽しんでください、とかツンツンしてたりして——。

ああ、目に浮かぶわぁ～。

内心クスッとしながら、隅っこの席にいる颯真を見やる。

前より随分丸くなったとはいえ、誰かと群れることのない彼は、やっぱりね——。

ダンスなんて知りませんよ！　ってドライな顔で一人、だがしかしテキパキと作っていた。

カラフルなペーパーチェーンを——！

ちょっ、仕事早すぎ、踊る気マンマンか……！

……なんて思ってたら、あれ――？

彼の背後に、見覚えのない女子生徒がそーっと近付いてきた。

毛先がくるんとカールした愛らしいツインテールを、イチゴ柄のリボンで結んでいる彼女。

とてもよく似合ってはいる――けど髪型もリボンも、高校生にしては幼すぎるような？

いわゆる幼児体型ってわけでもなく普通にスタイルがいいから、違和感ってほどじゃないけど不思議な感じがする。

ネクタイが紺色だから一年生、だよな？

文実のメンバーじゃないし、誰だろ……。

じっと見ていると、視線に気付いたらしい。

ツインテールな彼女は、愛らしい瞳をぱちぱちさせて『しーっ』と人差し指を立てる。

ま、まさか颯真君のこと、後ろから驚かすつもり――？

ええええダメだって、絶対怒られるよ⁉

だいぶ人間慣れしてきたとはいえ、その野良ニャンコ君、めちゃめちゃ嚙《か》みつくよ⁉

一瞬ヒヤッとするも、なぁんだ、彼女は颯真の肩をトントンと普通に叩《たた》いた。

だけど待って、彼女の手、人差し指がピンと立ってる！

あのどこか懐かしい構えは――

プシュ！

彼女の仕掛けた指が、くるっと振り向いた颯真の頬をマスクの上から思いっきり突いた。

高校生にもなって、こんな小学生みたいないたずらする子いるんだ⁉

プシュ！　プシュ！

果敢に続く追撃に、颯真のマスクがベコベコとヘコむ。

っていうかヤバい、颯真君ブチ切れなんじゃ――⁉

「わわわ、冷静に！　冷静に～～！」

仲裁すべく二人の間に慌てて飛び込む。けれど――

「先輩うるさいです」

いつも通りクールな颯真に、逆に怒られてしまった。

「それから三日月《みかづき》、マスクに触れるなよ、ウイルスが付く」

ハァと息をついた彼が、いたずらっ子の指にシュッと消毒スプレーをかける。

颯真君、もう慣れっこって感じで全然怒ってないし、わざわざ消毒までしてあげるんだ、優しいかよ……！

彼の意外すぎる一面に驚いていると、

「おや？　おやおやおやーん？」

見慣れぬ顔に興味津々の紗綾がやって来た。

「颯真君、こちらの方はどなたかしらん？　学校待機にはいなかったメンツじゃありませんのこと?」

「あっ、私、飛鳥《あすか》君と同じクラスの三日月リボンです！　リボンちゃんって呼んでください！」

颯真が答えるよりも早く、リボンがぴょこんと前に出た。

「へぇ～リボンちゃんかぁー。ひょっとしてニャンコ君の飼い主かにゃ～～？　学校待機中、アイマスク差し入れたでしょ、確かピンクでイチゴの絵が入ったやつ！」

「あ、はい、そうですけど……？」

きょとんとしたリボンが小首をかしげる。

そういえば颯真君、なぜかアイマスク持ってたんだよな。

学校待機になるなんて思ってなかったろうに、随分準備がいいんだなって思ってたけど、そっか、この子が差し入れたんだ……。

「あれ、でもどうやって……。学校閉鎖中は外出禁止だし、校内にも入って来られなかったんじゃ……？」

真守の疑問に、「へ、や、それはその……」とリボンが口ごもる。

と――何かを思い出したらしい颯真が、フッと小さく吹き出す。

「三日月のやつ、大胆不敵に乗り込んできたんですよ。人目も憚《はばか》らず、ものすごい格好で……」

「はわわ……だってあれはその、他に方法がなくてぇ……！」

今にも爆発《ばくはつ》しそうなほど赤くなったリボンが、恥ずかしそうにジタバタする。

そのたびにツインテールがぴょんぴょんと跳ねて、なんだか愛らしい。

「ね、口にできないほど大胆不敵な格好ってなんだろうね？」

気になったらしい紗綾が、ボソリと真守に聞いた。

「名前に合わせて、全裸にリボンだけ巻いて来たとか？　それとも大事なトコをイチゴで隠しただけの超オープンスタイルかな⁉」

「ちょっ、何考えてるんですか、大胆にも程《ほど》があるでしょう……！」

「むむ、なんで朝山クン赤くなってるの？　さてはリボンちゃんの全裸リボン想像したなぁ～～？」

「や、それは先輩が変なこと言うから……」

「むむむ、差し替えて！　リボンちゃんで想像した大胆イメージ図、今すぐ私に差し替えて！　貝殻《かいがら》ビキニでホタテ焼きながらアイマスク差し入れに来る私に差し替えてよぉぉ～～～！」

待って先輩、ツッコミどころ多すぎ！　それもう大胆っていうより面白《おもしろ》要素しかないんですが⁉

「それにしても三日月、なんでこんなとこ来たんだ？　まさか頬を突きにきたってわけじゃないんだろ」

訝《いぶか》る颯真に、「あ、そうでした！」とリボンが思い出したように言った。

「文実頑張ってる飛鳥君に差し入れ！」

じゃーんとイチゴソーダの缶を見せたリボンは、だが何を思ったのかシャカシャカシャカシャ
カ――！

豪快に振りまくってから「はい、どうぞ！」と差し出す。

「あれぇ？　飛鳥君、飲まないのぉ？」

「飲まないよ、今開けたら中身が噴き出すだろ、三日月にかけるよ？」

「へへへ、さすがは飛鳥君、引っかかんないかぁ〜」

や、そんな小学生みたいないたずら、誰も引っかからないと思うのですじゃ……！

だけど、生粋《きっすい》のいたずらっ子なのかな？

てへっと笑った彼女は、懲《こ》りずに次なるトラップ。

「飛鳥君、飛鳥君、背中にモモンガみたいなホコリ付いてる……！」

ホコリを払うフリして逆にペタッ！　何やら紙を貼《は》り付けた。

だけど全てお見通しな颯真はベリッ！

即座に紙を剝《は》がし、そこにあったいたずら書きを読む。

「なんだよ〈颯真飛鳥は三日月リボンちゃんとラブラブ交際中♥〉……って、こんな恥ずかしいこと、よく自分で書いたな……」

呆《あき》れた様子の颯真が、いたずら書きをビリビリと容赦なく破った。

「うえぇぇ⁉ 飛鳥君ってば、なにも破ることないのに〜〜!」

「こんなの事実無根だ、僕たちはまだ付き合ってない」

フンと冷たくあしらった颯真だが、リボンは奇跡でも見たかのように瞬《またた》いた。

「へ、まだ……? 飛鳥君、今『まだ』って言った——⁉」

「あ、いや……まだっていうのは、その……」

しまったな……と言葉に詰まった彼は、いつものクールな顔はどこへやら。

耳まで桜色に染まっている。

お、これは形勢逆転、リボンちゃんの反撃が始まるか——⁉

そう思ったのに、ああ、彼女まで颯真君とおそろい。

耳まで桜色に染めて、面映《おもは》ゆそうに俯《うつむ》いている。

「そっか、まだ……(これからってことでいいんだよね?)」

「そうだな、まだ……(これからってことでいいよ)」

ん、今ホケキョってウグイス鳴かなかったか⁉

妙だな、夏が終わって秋が来たはずが、冬をすっとばして春爛漫《らんまん》なんですけど……⁉

颯真君もリボンちゃんも、言葉少なにもじもじしてて、ああもう初々《ういうい》しい初恋の見本市ですじゃ〜〜〜!

「なんなの、この可愛い生き物たち……！」

　思わず口に出してしまったら、

「ピピーッ！　朝山君、今『可愛い』って言ったなぁ？」

　姫さまの『可愛い』検知器が作動してしまった。

「朝山クン、私以外に『可愛い』乱発しすぎじゃなーい？　ひょっとして、あの二人のこと侍《はべ》らせてハーレム作ろうとしてるぅ⁉」

「なななななんでそうなるんですかっ！　今の『可愛い』はほら、街角で子ネコ見つけたときみたいな感じで……」

「またネコぉぉぉ？　ニャンコに安売りするほど『可愛い』を持て余してるのかね君は？　なのに私には在庫を回してくれないとは、いったいどーゆー了見なのかね⁉」

　むっすぅ、と眉《まゆ》を寄せた紗綾は不満げに続けた。

「ひどいよ、あんなに体を重ねた仲なのに……」

「ふ、ふぇ……⁉」

　紗綾の問題発言に動揺したのはリボンだ。「ええとそれって……」とＬＥＤ式の赤信号くらい鮮烈に赤面している。

「ややや、待って！　かっ、体を重ねたっていうのは手だよ手！　あ、おでこも重ねたか、それにそうだ、くちびるも……」

マスク越しではあるけど、重ねたっちゃ重ねたよな——？

……って何余計なことまでバカ正直に明かしてるんだ俺は……！

「ててて、手に、おでこに、くちびるまで重ねちゃったら、後はもう雪崩《なだ》れ込むようにわわわなヤツですよね、ふぇぇぇ〜〜〜！」

何かを想像したらしいリボンが、刺激が強すぎると目をぐるぐるさせる。

「三日月！　それ以上聞くな、ハレンチがうつる……！」

ドクターストップとばかりにリボンの耳を塞《ふさ》いだ颯真は、「ここは危険だ……！」と彼女を連れて委員会室を出ていってしまった。

あれ、もしかしなくても俺たち、ものすごーく変な誤解された……⁉

「ハハ、なんだか初々しい二人でしたね。颯真君もリボンちゃんも可愛……じゃない微笑《ほほえ》ましい感じで……！」

ヤバい、またぽろっと可愛いを安売りするところだった……！

でもギリギリのとこで回避したし、今度は怒られずにすみそ……ってえええなんで⁉

込み上げる怒りに、姫さまがぷるぷる震えている。

「ねぇ、今リボンちゃんって言った？」

「へ……だってほら、彼女の希望じゃないですか、リボンちゃんって呼んでくださいって……」

「いやいや、なんでじゃ～～い！！！」

これ以上ないってくらい盛大にツッコんだ紗綾が、

「君ってば今朝《けさ》私が名前で呼んでって頼んだときはジメッと断ったくせに、出会って数分の子のお願いは聞いちゃうとかどーゆーこと⁉　初めましての子限定の名前呼びクーポンでもあるのかな、アプリ登録でもれなく配布とかしちゃってるのかな、かな～～？」

糖質《とうしつ》九九％オフの冷たい視線を向ける。

「君にはお仕置きが必要みたいだね――」

ゆらり――。ちょっとした剣豪のような動きをした彼女の手には、まさかの竹刀《しない》が握られていた。

「えええ、なんで文実にそんなものが⁉」

「問答無用！　朝山クン、覚悟ぉぉぉ！」

シュッと竹刀を構えた紗綾が、ものすごい勢いで飛び掛かってきた。

「ちょっ、暴力はよくないですって、平和的にひゃぁぁぁ……！」

とりあえず頭部への直撃だけは避けなきゃ……！

そう思って慌てて頭を抱えたのに、えええそっち――⁉

勢いよく繰り出された剣先は、真守の脇腹《わきばら》をチョイチョイっと弄《もてあそ》ぶように突《つつ》いた。

「うりうり、距離を保ったソーシャルディスタンスおしおきだぞ、それそれ～～」

「ちょわっ、先輩、くすぐったい……！　はぁあっ、もももうやめてくださいぃぃっ……！」

「だーめ、まだまだやめないよ？」

おかしなテンションになった姫さまが、「ほらほらほらぁ～」と、よもやの角度からチョイチョイツンツン。竹刀を巧《たく》みに操《あやつ》り、絶妙なくすぐりポイントをいじりだす。

順番にいろんなところを突いてくるもんだから、気分はあれだ。樽《たる》に入った海賊が飛び出すパーティーゲーム。朝山真守、危機一髪……！

「そーれ、ここかなぁ。それともこっちかなぁ～」

「はぁぁぁ……！　ふうぅぅぅぅ……！　ちょわぁぁ急に首筋スゥーってするの反則ですよ、はうぁぅあぁっ……！」

や、ヤバい、このままだと負けちゃう、樽からポンと飛び出しちゃう……って、どこ刺されても俺が普通にくすぐったいだけだし、完敗ですじゃぁぁぁ！

「ま、参りました……！　そろそろみんな戻ってきちゃうし、こっ、このくらいで勘弁……」

「へぇ～。そーゆーつまんないコトは言えるのに、どーして肝心なコトは言えないのかにゃ～～？」

背後に回り込んだ紗綾が剣先をツゥーっ。敏感な背筋に滑らせる。

「あぁぁぁ、そこはやめてください、そこだけはぁぁぁっ……！」

「ふぅん、ここが弱いんだぁ」

クスッと笑った紗綾が、

「ねえ、朝山クンが知ってる子の中で一番可愛いのはだぁれ？」

やけに艶《つや》っぽい綿あめの声で聞いた。

「へぁ？　な、なんですか突然……」

「ほーら、早く言わないとまた背中やっちゃうよぉ？」

「ややや、それだけはやめてくだされ！　おおお、俺が知ってる子の中で一番可愛いのは……その……あの……」

この期に及《およ》んで恥ずかしがっていると、

「んー？　まだお仕置きがたりないかぁ。首筋スゥーからの背中ツゥーいっとくぅ？」

どこか嗜虐《しぎゃく》的な笑みを浮かべた姫さまが、妖《あや》しく迫る。

「ほぉら、早く答えて。君の知ってる子の中で一番可愛いのはだぁれ？」

ちょっ、それもう小悪魔というより、鏡に『この世で一番の美女』を問う魔女感ありますぞ……⁉

「お、俺なんかに言わせなくったって先輩、可愛いとか言われ慣れてるんじゃ……」

「仮にそうだとしても、朝山クンからの『可愛い』は別腹。私はね、君からの特別がほしいんだよ？」

透き通るような琥珀《こはく》色――希《こいねが》うような瞳が真守を見上げる。

「ももう、こっちの身にもなってくださいよ！　そんな思わせぶりな言葉や視線を向けられたら頭がばかになって、先輩が俺のこと特別に想ってるみたいに勘違いしちゃうんですが！」

「いいじゃん」

「はぃ？」

「勘違いすればいいじゃん！」

ひぇぇ、小悪魔オブ小悪魔！

そーゆー発言が男を惑わせるのですぞ？

さっきも委員長、めちゃめちゃ勘違いしてたし！

それに俺だって、先輩との関係が何かいろいろ考えちゃって授業にも集中できなくて、なのにこっちの気も知らないで『勘違いすればいい』なんて簡単に言わないでくださいじゃぁ～～～！

ああもう、とんでもない小悪魔に引っかかってしまったものですじゃ……。

そう思うのに、ちっとも嫌いになんてなれない。

「あーもう、ばかになっちゃえ、ばかになっちゃえ、勘違いしちゃぇ～～！」

容赦のない乱れ打ち――脇《わき》に腹に太ももにと、魔性の剣先にツンツクツクツク攻められた俺は、

「ちょわぁぁぁ、ダメ、そこはぁぁぁ……おおお、俺の知ってる子の中で一番可愛いのは先輩ですぅぅ～～～！」

情けなく身をよじりながらも、ついムチャ振りに応えてしまう。

思わせぶりな甘～い毒入り。

小悪魔女さまの蜜《みつ》リンゴをすっかり平らげてしまった俺は、ああ――

「よろしい、じゃあ次は『俺の知ってる子の中で一番可愛いのは紗綾ちゃんだぞ、マイハニー☆』でいってみようか？」

「ややや、さすがにそれはムリです……ってひゃぁぁぁ、首筋スゥーからの背中ツゥーだけはホントにやめて！　ひやゃぁぁ耳裏スィーもダメですじゃぁぁ～～～！」

いたずらな彼女に、身も心もまんまと踊らされてしまうのだった。

その後も、文化祭準備は着々と進められた。

タコ形お守りの制作はもちろん、キャンプファイヤーの準備に、外部客の入場予約作業や受付方法の打ち合わせ、それから密を避けた動線の考案などなど――。

七日星対策もあって、文実の仕事は盛りだくさん。

目の回るような日々を、バタバタと慌ただしく過ごしていた。

もっとも、忙しい中でも姫さまのからかいは絶好調。昨日なんて、『親子コアラに擬態《ぎたい》してバックハグしよ！』なんて、とんでもない提案してくるし……。

日々蜜度と難易度の高まるハイレベルなからかいに、翻弄《ほんろう》されてばかりの毎日だ。

とはいえ、彼女との関係をはっきりさせる度胸はなくて、肝心なことは曖昧《あいまい》なまま。

変に欲を出して微妙な空気になるくらいなら、このままずっとからかわれっぱなしも悪くないかも——なんて現状維持モードだ。

もちろん、我ながら情けないし、このままじゃダメだとは思ってる。

ちゃんと決意はしてるんだ。

もうすぐ文化祭本番だし、コレでビシッと決めたいなって——。

放課後、自席に残っていた真守はポケットからタコ形お守りを取り出す。

普段裁縫なんてしない真守が作った最初のお守り。

THE不器用な紗綾先輩ほどじゃないけど、かなり不格好な代物《しろもの》だ。失敗作としてポイしてもいいレベルではあるんだけど、密《ひそ》かにキープしている。

これで先輩に告タコしようって——。

何十個も作った今なら、もっと綺麗に仕上げられる。

だけど、緊張しつつも想いを込めて作った『初めて』のものだから、先輩に渡すならこれだなって思って――。

まぁなんにせよ、今は文化祭準備を頑張らなきゃ。

気持ちを切り替えた真守は、お守りをしまって委員会室へ向かう。

その途中で――

「先輩、ちょっといいですか」

背後から颯真に呼び止められた。

「あれ、颯真君も今から準備？　なら委員会室に行きながら話……」

「いえ、人目のあるところはちょっと……」

何やら神妙な彼に連れられ、誰もいない中庭へと出る。

「で、話って？」

「そ、その……」

言いながら、颯真は面映ゆそうに顔を伏せた。

いつものクールっぷりがウソみたいにもじもじとしていて、
なんだなんだこの空気⁉

木陰《こかげ》で恥じらう彼は、野良ニャンコ君というより恋する乙女のようで――

『しかしあれだな、涼海だけでなく、孤立しがちだった颯真まで朝山に懐いたって話だし……

さてはモテ期到来だな、グッドラック！』

不意に浮かんだのは阿窯委員長の言葉だ。

まさか俺、これから颯真君に告白されちゃうの⁉

で、でも颯真君、この前リボンちゃんとイイ感じだったよね⁉

なのに、えええ、待って！　意を決したらしい彼は潤んだ瞳で俺を見つめて――

「先輩、僕と付き合ってくれませんか」

わぁお、生まれて初めて告られてしまった。

俺たちは男同士、なのにああ……。

美人顔の彼に、切なげな眼差しを向けられてしまったら――ドキン……！

やだやだ、新たな扉が開きそう～……ってしっかりしろ、俺！

「き、気持ちは嬉しいんだけど……ごめん！　俺には紗綾先輩が……」

「は、いったい何の話です？」

颯真が氷河期の始まりみたいな視線で言った。

「まさか今の、変な誤解したんじゃないでしょうね？　まったく、これだからハレンチ先輩は……」

「いやいや、今のどう考えてもそうだよね⁉　僕と付き合ってくれって……」

「ちょっと付き合ってほしい『場所』があるってことですよ、普通に考えたらわかりますよね、頭の中ハレンチ村だからってベタな勘違いよしてください」

「ちょっ、颯真君の中で俺＝《イコール》ハレンチ化してない⁉　ていうか、そんな俺に付き合ってほしい場所ってどこ⁉」

「そ、それはその……こっ、これを下見したくて……」

急に小声になった颯真が、何やら手帳をよこす。

なんだなんだ？　受け取ってみると、表紙には〈告タコ成功後、早急に実行すべき完璧なデートプラン〉なるタイトルが……！

中には、うわっ、流行《はや》りのデートスポットやらカフェやらがびっちりメモしてある！

「これってつまり、デートの下見がしたいってこと……？」

「ひ、平たく言うとそうです。先輩だってほら、涼海先輩と行ったりしてるんでしょう？　だからその……ガイドとして予習に付き合ってほしいんです」

「や、俺たちまだそういうのは……」

「はぁ？　さんざんハレンチしといてまだって……この前『体を重ねた仲』とか言ってましたけど、あれってつまり『体しか重ねてなかった』ってことですか、うわぁハレンチここに極《きわ》まれりですね……！」

うわー、ないわー、みたいな顔した颯真が軽く後ずさる。

や、その誤解、いいかげん解いてくれませんかね⁉

「っていうか、予習ってわざわざ現地に行く必要あるかな？　雑誌とかネットでイイ感じの場所を探せばいいだけじゃ……」

「しっかりしてください、デートの下見は当然として、起こりうるトラブルの傾向と対策までしっかりまとめておかないと！　もしものときに柔軟な対応ができるよう、プランBはもちろんZ……いいやプランZZまで考えておくのが普通でしょう！」

いやいや真面目すぎか！

「ち、ちなみにそのデートの相手ってリボンちゃん……だよね？」

「ぐうっ……」

端整な顔を歪《ゆが》めた颯真は、だが今さら隠しても仕方ないと思ったのだろう。「ま、まぁ……」と頷く。

「いい子そうだよね、なんていうかその、ちょっと幼めなとこもあるけど……」

同じいたずらでも、紗綾先輩とはタイプの違う、本気のいたずらっ子。

髪型も相まって小学生みたいだけど、悪い子ではなさそうだ。

どうやったかは謎《なぞ》だけど、颯真君のためにアイマスクを届けてくれたみたいだし。

「話せば長くなるんでサラッと流してほしいんですけど、三日月が子どもっぽいことするの、僕のせいなんです。もうそんなことしなくても大丈夫だって、安心させてやりたくて——」

照れがあるのだろう、ふいとそっぽを向いた彼は、だけど真剣な声で続けた。

「あいつ、告タコとか初デートとか、そういうのすごく夢見てて、それ全部叶《かな》えてやりたいんですよ、今まで塩すぎたお詫《わ》びもあるし……」

そういえば颯真君、最近意外なくらい頑張ってたっけ、タコ形お守りやペーパーチェーンの作成……。

そうか、あれ全部リボンちゃんの夢を叶えてあげるために——？

「だからその、ちゃんとしたいんです。デートでも完璧にリードしたくて。なんていうかその……カッコ悪いとこ見せたくないし？」

わかるぅぅぅ〜〜！　その気持ちわかるぅぅぅ〜〜〜〜！

恋バナで盛り上がる文実女子みたいなテンションになってしまった。

俺だって、もし紗綾先輩とデートするなら完璧にエスコートしたいし！

後学のために颯真君と下見、アリかもしれない……！

「そこにメモしたような、いかにも青春押しつけ組が好きそうな場所、一人じゃ行きづらくて……。そ、そういうことなんで同行お願いしますね、絶対ですよ……！」

言いながら恥ずかしくなってきたのだろう。やたら早口で捲《まく》し立てた颯真は、

「それ、お貸しします！　一通り目を通しておいてくださいね……！」

手帳を託したまま、脱兎《だっと》ならぬ脱ネコの速さで逃げていった。

や、どうせすぐに文実で合流するんですけどね……？

それにしても、『借りは作らない主義なんです！』とかツンツンしてた彼が、まさかこんな

こと頼んでくるなんて――

「これが恋の力ってやつなのかな……」

メモびっしりな手帳を見つめ、ふふっと笑みをこぼす。と――


「恋ってタイミングだと思いません？」

凛《りん》とした声に振り向くと、いつの間に――橙寺が立っていた。

「出会う、出会わない、話す、話さない、友好を深める、深めない、告白する、しない――全てタイミングの問題なんです。叶う恋と叶わない恋に、そう大した差はないのかもしれません」

急にどうしたんだろう。

いつもとは様子の違う彼女に戸惑っていると、

「朝山君にお願いがあるんです。聞いていただけますか？」

ふわり――長い黒髪が風になびいた。

「へ？　別にいいけど」

「どんなことでも、ですか？」

「う、うん。俺にできることなら。『ウチの会社に投資してください』とかはさすがにムリだけど……」

「ふふ、そんなこと言いません。でも朝山君にしか頼めないことで――」

俺にしか頼めないって、そんなことあるかな――？

不思議に思いつつも、「それなら大丈夫だよ」と快《こころよ》く頷く。

「絶対に？　絶対に絶対、ですよ？」

「うん、俺にできること……なんだよね？」

「ええ、それはもちろん」

「じゃあ大丈夫、何でも言ってよ」

いつも助けてもらってるし、ここは全力で力になってあげよう。

フッと男らしく胸を張ってみる。と――

「言質《げんち》、とりました」

先ほどの言葉を録音していたらしい。

スマホを掲げた璃子が、起動中のボイスメモアプリを見せる。

「えっ、そんなことしなくても約束くらい守るよ……⁉」

「だって、断られたら困るんです」

いたずらな瞳でふふっと笑った彼女は、呼吸をするように自然に――

だけど、とんでもないお願いを告げた。

「朝山君、私の『初めて』を奪ってください」

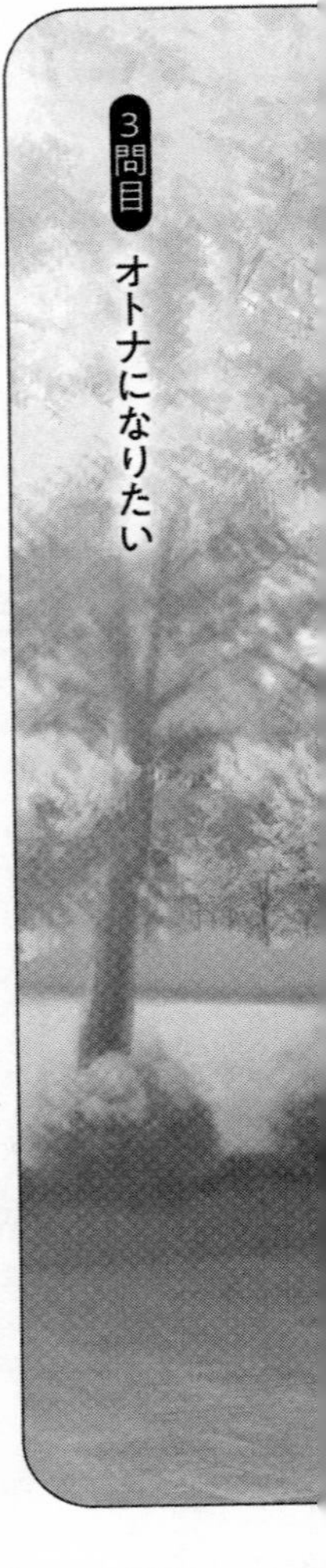

3問目　オトナになりたい

「朝山《あさやま》君、私の『初めて』を奪ってください」

優等生なはずの璃子《りこ》が告げた想定外のお願いに、

「えええエクスキューズミー……?」

動揺しすぎた真守《まもる》は、思わず英語で聞き直してしまう。

だ、橙寺《だいだいじ》の『初めて』って、まさかそういう意味じゃないよな?

だって、彼女には他に好きな人がいるはずだ。それなのに――

「こんなことお願いできるの、朝山君しかいなくて。もちろん、紗綾《さあや》先輩には秘密にします。ですから、ね――?」

「な、何かのいたずら……かな⁉　だってほら、さすがにそれは……」

「お願い、何でも聞いてくださるんですよね?」

録音中のスマホを笑顔でちらつかせる璃子。

笑ってるのにああ、焼け付くような強い眼差《まなざ》し。

絶対に逃がさないという、強い意志を感じる。

「優等生はお嫌いですか？　ご希望なら朝山君好みに……そうだ、紗綾先輩に寄せてみましょうか。髪型はウィッグを探すとして、スカート丈はこのくらい？」

言いながら、ウエスト部分を折ってスカートを短くする璃子。

チラチラと白い太ももが見えて、俺《おれ》ってやつは……ついドキッとしてしまう。

「どうです、少しは奪ってみたくなりました？」

紗綾を意識しているのか、イェイ、とピースしてみせた璃子は、だけど大真面目《まじめ》な瞳《ひとみ》で言った。

「朝山君、どうか私を汚してください」

ひっ、姫さまが……他国の姫さまがご乱心ですじゃ……！

であえであえ、橙守国の爺やは何をしておる～～～～！

空前絶後のムチャ振りにパニクってしまったけど、

じゃ、じゃあ……なんて据《す》え膳《ぜん》いただくわけにもいかない。

テンパりつつも、「ええと、ごめん、一度整理させてくれないかな」と一呼吸置く。

「やっぱり変だよ、橙寺、好きな人いるんだよね？　ほら、タコ焼きアレルギーの……」

「その彼が言ったんです、私みたいなのは面倒くさいって。私、恋愛経験がまるでなくって、だから彼に相手にしてもらえるように経験を積みたいなって」

ええ……それって想い人に、『初心者《処女》はめんどくせぇから、どっかヨソで捨ててこい！』的なこと言われたってこと……？

その彼、控え目に言って最低じゃないかな、かなり遊び人な感じするけど……。

「その人、ウチの学校にいる……んだよね、経験豊富そうだし、先輩かな……？」

「うーん、そうですね……」

小首をかしげた璃子が、意味深な言い方をした。

「確かに先輩ではありますね、ウチの学校の――」

「じゃ、じゃあ俺、ちょっと話してみようか？　や、俺の話なんか聞いてくれないかもだけど、やっぱりよくないよ、こういう……」

「お気持ちはありがたいのですが、朝山君は彼に関《かか》わらない方が良いのでは？　たぶん、面倒なことになると思います。下手したらすごく怒られちゃうかも」

「怒られるって、まさかその先輩、ちょっとヤンチャな方……？　絡《から》まれると怖い的な？」

「ふふ、場合によっては怖いかもしれません」

えええ、橙寺ってば、よりによってなんでそんな相手に恋しちゃったの⁉　恋は盲目とはいうけど、もっと自分のこと大事にしてくれる相手を選んでほしいですじゃ〜〜！

あ……でも、ワルな先輩からすれば品行方正な橙寺は煙《けむ》たいのかも……。

それならうん、彼女の恋が望み薄なのも頷《うなず》ける。

「子ども扱いはまっぴらなんです。もっと手練《てだ》れ感を出していきたいというか、告タコまでには彼と同じ土俵に立ちたくて……。ですから、ね——？」

熱のこもった視線に射貫かれ、ゴクリと唾《つば》を飲む。けれど——

「やっぱりダメだよ、そういうの、よくないと思う」

冷たく響かないように、だけどはっきりと断る。

「——そうですか」

璃子の声が急に低くなった。

「残念です、大切な級友を相手にこんな手、本当は使いたくなかったのですけど……」

不気味なくらい落ち着いた調子でそう言った彼女が、ポケットに手を入れる。

え、何この銃でも取り出さんばかりの不穏な空気……！

どうしよう、他国の姫さまにリアルに撃ち抜かれるんじゃ……⁉

あまりの迫力にそんなことまで考えてしまったけれど、

「成功報酬です。金額はお好きにどうぞ」

お嬢な姫さまが取り出したのは小切手だった。

「って急に買収⁉　お嬢さまの本気怖っ、級友相手にそういうことやめよ⁉」

「あ、電子マネー派ですか、それなら別途……」

「いやいやいや、俺の話聞いてる？」

「聞いてますけど、聞きたくないんです」

そんな無茶苦茶《むちゃくちゃ》を言った璃子が、甘く誘うように続ける。

「これは朝山君にとっても悪い話じゃないと思うんです。ほら、紗綾先輩との予習だと思って、どうぞ私をお試しください」

そ、そんなこと言われても……。

「そもそもさ、なんで俺なの？　そりゃなかなか人には頼みにくいことだろうけど、経験値でいえば俺だってゼロで……」

「ふふ、私だって曲がりなりにも花の女子高生、SNSで募《つの》ればお相手してくれる殿方くらい見つかるでしょうけど、誰《だれ》でもいいってわけじゃないんです。初めてですもの、誠実な方を選びたくって」

クスッと笑った璃子が、いたずらな瞳で続ける。

「朝山君は紗綾先輩に夢中のようですし、私をお試ししたところで本気にはならないでしょう？　私のことは先輩のための練習台だって、一途《いちず》に割り切ってくれるかなと思って。大丈夫、悪いようにはしませんから」

「橙寺、それ悪い人が言いそうなセリフ……」

「いいじゃないですか、颯真《そうま》君ともお出かけするんですよね？　さっきの話、聞いちゃいました」

璃子の視線が、真守の手にしている手帳に向いた。

颯真のデートプランが書かれたものだ。

「下見の件、私と行ってくださいません？　疑似デートいたしましょう」

「え……それって、ただ普通にデートスポット回ったりするだけでいいの？　颯真君と行く感じの軽いやつ？」

「ええ、あとはデートした証拠に、ツーショットの写真を撮らせていただければと。それを彼に見せれば、揺さぶりになるんじゃないかと思うんです。私だってその気になればデートくらいできるんだって、無垢《むく》な優等生じゃないところをアピールしたくて――」

なるほど、想《おも》い人に他の男といる写真を見せて嫉妬《しっと》させたいってことか。恋の駆け引きってやつ……。

「私、身内以外の殿方と二人きりで出かけるのは『初めて』なんです。ですから最初はぜひ、誠実な朝山君に奪ってほしくて」

「ちょ、『初めて』ってそういうこと⁉ それ早く言ってよ、意味深な言い方するからてっきり……」

「ふふ、七日星《なのかぼし》さえなければもっと踏み込んでもよかったのですけど、感染のリスクもありますし、体液の交換まではちょっと。大事な文化祭前、何かあってはみなさんにご迷惑がかかりますし」

あああ他国の姫さま、サラッと生々しいコト言うのはやめてくだされ〜〜！

だけどうん、なんだかんだでそーゆーとこ優等生だよな……。

不謹慎ではあるけど、橙寺の暴走を止めてくれた七日星に感謝ですじゃ……！

ほっと安堵《あんど》する真守の手から、「ちょっと失礼しますね」と手帳を引き抜いた璃子が、パラパラ目を通しながら言う。

「ふふ。ラブリーで愛らしいお店がたくさん。女の子ウケは良さそうですけど、殿方二人で視察にいくにはなかなかハードルが高そうですよ？」

そう言って彼女が掲げたページには、雑誌の切り抜きが貼《は》ってあった。

うわぁお壁紙ピンクだし、椅子の背もたれハート形……！

ソファ席にはキュートなイチゴ形のクッションまであるし、さすがは颯真君リサーチだ。なんとなくだけどリボンちゃんが好きそう……！

けど確かにこういうお店に男子が二人って、かなり浮くよな……⁉

「下見、私とされた方がスムーズでは？」

「や、でもそれじゃ颯真君は？　そりゃ俺も紗綾先輩のために勉強したいけど、そもそもは彼の希望……」

「問題ありません、颯真君には写真入りの完璧《かんぺき》なレポートをお渡ししましょう。もちろん、朝山君のお手は煩《わずら》わせません。困ったときのQ＆Aも豊富にご用意いたします」

優等生の瞳がキラリと光った。

うわぁ、分厚い参考書みたいなレポートを、それも一〇冊分くらい用意してきそうな勢いだ。

「殿方二人であれやこれやと悩むよりずっと有益な情報をご提供できるかと。餅《もち》は餅屋《もちや》、乙女心は乙女の私にお任せください」

璃子が自信たっぷりに胸を押さえた。

なるほど、一理あるかも……。颯真君が求めてる情報って、俺より断然橙寺の方が答えられるだろうし……。

でも――

「疑似とはいえ先輩以外の子とデートなんて、浮気《うわき》みたいにならないかな……？　や、俺も身内以外の女の子と二人でどこか行くなんて初めてで、そういうのアリなのかなって……」

気軽に二人で出掛けるような女友達でもいたら気にならなかったのかもしれないけど、そんな子いないし……。

「朝山君、紗綾先輩とはまだお付き合いしてないのですよね？」

「わっ、もしかして、付き合ってもないのに彼氏ヅラするなんて滑稽《こっけい》ですねとか思ってる⁉」

「いえ、そうじゃないんです。ただ――」

鳶《とび》色の瞳が、問いただすように真守を射貫く。

「今のままで勝てます？」

「え、勝つって誰に……？」

聞き返しはしたが、予想はついていた。

自分でもわかってるんだ。鉄壁のごとく手強《てごわ》いその相手は――

「城将《じょうしょう》先輩です。彼、この文化祭で勝負に出るのでは？」

そうだ、紗綾先輩への告タコを決意したのは俺だけじゃない。


『悪いけど僕、今年は紗綾に告タコするから』

学校待機中、城将先輩から先制ブロックをかけられていた。

「恋はタイミングですよ。今は朝山君の方が一歩リードしているようですけど、城将先輩が告タコしたら――形勢は容易にひっくり返るのでは？」

なんだろう、ものすごく実感のこもった言い方。

彼女の瞳は、真剣そのものだった。

「あの二人、幼なじみなんですって？　そのせいもあって、紗綾先輩は城将先輩を恋愛対象として見られないようですけど、告白されたらどうでしょう？　意識しちゃうんじゃないですか、一人の男性として――」

畳み掛けるように言った璃子は、さらに続けて――

「そもそもイケメンで身長も高くて勉強もスポーツもできる――城将先輩のスペックなら恋に落ちない方が不思議なくらいなんです。朝山君、一つでも彼に勝てる要素あります？」

やだな橙寺、そんなの自信を持って言える。

「ないよ、勝てる要素なんて一つもない……！　自分で言うのもなんだけど俺、ルックスも成績も運動神経も何一つ武器にはならないからね!?」

「そんなこと力強く言わないでください、今のでマイナス一〇〇点――もう形勢逆転されたようなものです」

璃子が呆《あき》れ顔で首を振った。

そうは言われても、自分でも痛感しているんだ。城将先輩との差ってやつを――。

小悪魔アイドルな紗綾先輩といると、否《いや》が応《おう》でも周囲の視線を集めてしまう。

それは学校閉鎖明けのあの日に限ったことじゃない。

彼女と二人で話す機会が増えた今、気付けば――

〈なんであんなやつが涼海《すずみ》さんの隣に――？〉

なんて嫉妬混じりの視線に刺されまくっている。

紗綾先輩っていつもあんな過剰な――正直鬱陶《うっとう》しいくらいの注目を浴びてたんだなぁ……。

城将先輩の隠密ブロックって、ライバル撃退のためっていうのもあるんだろうけど、紗綾先輩を煩《わずら》わしい周囲の視線から守ってあげたかったのかも……。

この前だって、

〈相手が城将なら仕方ないな 諦《あきら》めよう〉

って刺すような視線も緩《ゆる》んだし、さすがは鉄壁といった風格だった。

俺の場合、紗綾先輩と不釣り合いすぎて鉄壁どころか視線サンドバッグ――

黒い感情にドスドス打ちのめされてばかりだ。

「ほんとスペックでは勝ちようがないし、『幼なじみ』って要素もうらやましいよ……」

「というと？」

「だってさ、幼なじみだからこその思い出とか絆《きずな》があるだろ、あれ普通にズルいって……」

なんたってまさかのパンツ先制点……は別としても、そうだ、この前だって――。

文化祭の準備中、喉《のど》が乾燥した紗綾がゴホッと咳《せき》をした。

あ、俺、のど飴《あめ》持ってます……！

そう声をかけようとした真守よりも早く、『大丈夫？』と行動に出たのは城将だった。

『文化祭前の大事な時期――紗綾一人の体じゃないんだから無理は禁物だよ？　ほら、これ舐《な》めてゆっくり休んで』

妊婦を気遣う旦那みたいなセリフで飴を差し出した城将。

そつがない彼のことだ、女子ウケ抜群《バツグン》の流行《はや》りモノでも常備してたのか……と思ったら意外なセレクト。

レトロな花柄のそれは、懐《なつ》かしの飴――チェルシーだった。

すごく美味《おい》しいけど、この状況でそれ出します？　女子のポイント稼ぐなら、ここは話題の新商品でしょうよ。フッ、完全にミスチョイスですな！

……なんて内心笑っていたのに――

『わー、緑のチェルシー！　さすがカッちゃん、わかってるぅ～～』

紗綾はキラッキラの瞳で大喜び。

なんでもチェルシー――中でも緑のヨーグルトスカッチ味が大好物らしい。

『カッちゃんね、昔から私が弱ってるときいつもコレくれるの。元気の出るおまじないみたいなとこあるんだぁー』

『へ、へぇー、そうなんですね……』

平静を装っていたけど、そんな話、聞いてないですじゃ〜〜！　と内心ヘコみまくり。城将先輩のドヤ感溢《あふ》れる視線も相まって、あ、俺ののど飴もよかったら……なんて参戦はできなかった。

幼なじみだから恋愛対象になりにくいって面はあるのだろう。

だけど、幼なじみだからこそ共有できる思い出にはどうしたって勝てない。

俺からすれば幼なじみってそれだけでアドバンテージ——越えられない壁の一つだ。

「やっぱりうん、自分で言うのもなんだけど俺、完全に負けてるっぽい……。城将先輩、女の子が喜ぶことを熟知してるっていうか、基本的にはいつも余裕たっぷりだし……」

そりゃたまにヘタレモードに陥《おちい》ることはあるけど、俺なんか有事じゃなくてもテンパってばっか……先輩のこと全然笑えないし、ホント勝ち目がなさすぎる……。

「俺、先輩たちと比べたらまだ全然子《ガキ》どもなのかも……」

情けない本音に、「だからこそです」と璃子が一歩踏み出す。

「私との疑似デートで女性への免疫《めんえき》をつけましょう？　紗綾先輩の前でも動じない、余裕み溢れる男になるんです。女の子の扱い方でしたらご助言できますよ？」

ふんわりと優しい、聖母の声が誘惑する。

「大丈夫、ただの練習です。課外授業だと思っていただければ」

課外授業、か……。確かに紗綾先輩の前だといちいち舞い上がっちゃうし、照れが先行して余計、挙動不審になっちゃうトコあるよな。

そのせいもあって、『可愛《かわい》い』とか名前呼びとか、いいじゃんこのくらい！　ってことさえ言えなかったり……。

その点、橙寺なら落ち着いて話せるし、練習相手としては最適なのかもしれない。

傾《かたむ》きかけた気持ちを見透かしたらしい。

璃子が最後の一押しとばかりに言った。

「年下だからって、子ども扱いされたくないじゃないですか。私と一緒にオトナになりましょう？　後ろめたいと思うならどうか、人助けだと思って――」

不意に風が吹いて、璃子の長い髪が切なげに揺れる。

「知り合いにね、想いを告げることなく初恋を腐らせちゃった人がいるんです。恋が実る未来もあったのに棒に振って……私はそんなの絶対にいや……！」

感情が高ぶったのだろう、悲鳴にも似た声が響いた。

「できる手は全《すべ》て打っておきたいの……恐らくはこれが、最後のチャンスだから――」

思い詰めたような瞳が、真守を見上げる。

「お願いです、告タコまでに、どうしても彼の気を引きたいの――」

目に涙を浮かべ、小刻みに肩を震わせる璃子。

そんな姿を見たら、もう『ダメだよ』とは言えなくなってしまう。

橙寺の本気は痛いくらいわかる。

俺だって、この恋を棒に振りたくはないんだ――。

いいよな、『練習』っていう前提なら二人で出かけても……。

七日星対策で、オトナすぎる実習はないみたいだし……?

紗綾先輩には絶対にバレないように気をつければ……なんて思っていたら――


「悪い子はいねえがあぁぁぁ～～」


綿あめの鬼みたいな声がして、ギョッとなる。

声のした方を向くと、

「ささささ紗綾先輩、どうしたんですかその格好――⁉」

声の迫力とは裏腹に、時空が歪《ゆが》みそうなほど可愛い姿の紗綾が立っていた。

っていうか先輩、ネコ耳ついてるし……!

ああ、それだけでも惑星一つ吹っ飛ばせそうな破壊力なのに、なんてこった……!

ネコ耳姫さまの服はメイドさんだわ、だけど魔女っ子みたいな帽子にマントまでしてるわ、手にはメルヘンなバスケットまで持ってて、えええ要素盛りすぎじゃないですかね⁉

それにハーフツインっていうのかな、髪が一部だけツインテールっぽくなってるのですじゃ～～!

ふわっふわで大人っぽいいつものスタイルに、毛先くるるんな神アレンジまで加わって愛らしさ倍増、もはや宇宙ごと吹っ飛ばせるほどのあざとさですじゃ～～～！

「へへ、これね、クラス展示用の衣装だよ。ウチはコスプレ写真館やるんだぁ～」

「なるほど……今日はクラスの準備に参加中なんですね」

「そーゆーこと！」

ニッと笑った紗綾の目は、だけど鋭くギラリンと光った。

「──で、二人はこんなとこで何してたのかにゃー？」

ややや、ヤバい、なんて説明しよう……！

早速《さっそく》たじろぐ真守とは対照的に、

「ちょっと相談事があって」

璃子は随分と落ち着いた様子で言った。

「フェルマーの最終定理についてなんですけど、先輩教えてくださいます？」

「うぇ、ナニソレ⁉　え……エルマーの方なら多少はわかるんだけど……た、確かほら、竜を助けにいくんだよね⁉」

「ふふ、やっぱり大丈夫です」

よもやの難問で追及を阻止した璃子が、

「朝山君、これは私がお預かりしておきます。良いお返事期待してますね」

ペコリと一礼、颯真の手帳を手に優雅に去っていく。

「朝山クン、お返事って何の？」

「や、そそそ、それはほら、さっきのフェルマーに関して……かな……？」

どうにか誤魔化《ごまか》すと、

「そう……なんだ」

一瞬、しょぼんと眉《まゆ》を下げた彼女は、だけど次の瞬間——

「悪い子はいねぇがぁぁぁ～～」

再び綿あめの鬼みたいな唸《うな》り声を上げ、手にしていたバスケットをブンと掲げた。

いやいや、ホント何このテンション……！

唖然《あぜん》としていると、

「ほらほら、早くお菓子ちょーだいよぉ」

手を下ろした紗綾が、空のバスケットをふりふりする。

「や、この状況でお菓子ねだるとか、さすがに意味不明すぎやしませんかね？」

「えー、まさにピッタリでしょ、もうすぐハロウィンだぞ？」

「ハロウィンってまさか、さっきの『悪い子はいねぇがぁぁぁ～～』って『トリック・オア・トリート』的な意味だったり……？」

「そうそう、それそれ～～！」

「それそれって、さっきのじゃ完全にナマハゲですよ……」

「へへ、とっさに言葉が出てこなくてうっかり！」

ペロッと小さく舌を出した紗綾が、バスケットに視線を落とす。

「これ、画用紙で作ったカボチャ貼り付けてジャック・オ・ランタン風にしよっかなって。文化祭ハロウィン間近になったでしょ？　せっかくだからドンピシャな季節感入れようって試行錯誤中なんだぁー」

「あー、それでネコ耳だったり魔女っぽかったり、要素大渋滞のカオスな格好になってるんですね」

「むむ、失敬《しっけい》だにゃ～、君のためのスペシャルバージョンだぞ？」

ぷぅーっと頬《ほお》を膨らませた紗綾が、スカートの裾《すそ》を持って、くるん。

軽《かろ》やかに一回転する。

「ほらほら、どーお？　可愛い？」

「え、ええと……」

もちろん可愛いよ、違法なくらい可愛い……！

けど、このメイド服、胸元《むなもと》が開いたデザインだからセクシーさもあって、よくよく見ると目のやり場に困るって言うか――

「その……ちょっと目の毒かも……？」

「毒ぅ～～？」

「や、薬です、目薬！　ブルーベリーの一億倍効く特効薬ですじゃ……！」

「それならもっと見ちゃいなよ、視力五〇くらいアップしちゃうかもだぞ？」

や、そこまでアップしたら逆にピント合わせにくそうなんですが……！

そしてあああ、屈《かが》まないで、魅惑の谷間が見えてしまうのですじゃ～～～！

ぎこちなく目を泳がせていると、気付いた紗綾が屈託《くったく》なく笑った。

「あ、胸元、気になっちゃう感じ？　ダイジョブダイジョブ、ちゃんと柵《さく》に入ってるから」

「さ、柵……？」

「そ！　放牧は夜だけ。日中は柵の中でイイ子だし、ポロリとかしないよ？」

そ、そういえば先輩、寝るとき放牧派《ノーブラ》なんだっけ……。

学校待機中、寝相の悪すぎる彼女に乗っかられたあの夜の感触を——

柔らかな弾力を思い出してボッ！　耳まで瞬時に燃え上がる。

「そーゆーわけだからほら、遠慮なく見てほしーぞ？」

「いやいやいや、ポロリしないからって淫《みだ》らに……じゃない濫《みだ》りに見ていいものでもないと思いますじゃ……！」

「んもー、正面が恥ずかしいなら子コアラいっとくぅ？　私の可愛い後ろ姿を堪能《たんのう》しつつバックハグ！」

「そそそ、そんなのもっとダメですって……！」

ムリムリ、と激しく首を振る。

と、シュン――紗綾がしょんぼり顔で肩を落とした。

「ネコ耳にハーフツイン……せっかく君好みにしたのになぁ……」

「お、俺の好み⁉　そ、それってどういう誤解なんです……⁉」

そりゃどっちも眼福モノだけど、ピンポイントに『好み』ってこともないよ？

「だって君、颯真君のこともリボンちゃんのことも可愛いって言ってたし？」

「へ？」

「だからぁ、野良《のら》ニャンコ君みたいにネコっぽくしたり、リボンちゃんみたいな髪型にしたら君からの『可愛い』がたくさんもらえるのかなぁーって思ったの！　ま、ちっともくれなかったケドさ～」

姫さまが恥ずかしそうに、それからいじけたように明かした。

そ、それじゃ、ネコ耳もハーフツインも、文化祭用のハロウィン要素追求じゃなくて、俺のために――？

「あーあ、作戦失敗だにゃー。もうちょっと髪が伸びたら、ツインテールもいけたんだけどなぁ、ハーフじゃダメだったかぁ……」

くるくるに巻いた髪を、無念そうにいじる紗綾。

ぜ、全然ダメじゃないです、可愛すぎて卒倒しそうだし、実は倒れないようにって、密《ひそ》かに足踏ん張ってる最中なのですぞ⁉

それにああ、ぜひともそのお姿を写真に収めたい！

許されるなら、ツーショットだってお願いしたいのですじゃ……！

だけど『可愛い』すらまともに言えない俺には、ハードルが高すぎる……。

姫さま、ぜひともチェキ券を売ってくだされ、言い値で一〇〇枚買いますじゃぁぁぁ～～！

どんなに心で叫ぼうと、リアルじゃ何も響かない。

微妙すぎる沈黙が降りて——あれ……先輩の様子がいつもと違うような？

感情の読めない、ガラス玉みたいな瞳が覗《のぞ》いた。

「あ、あの……先輩の髪型……」

「悪い子はいねぇがぁぁぁ～～」

「えええ、今それ⁉」

先輩の髪型最高だって言おうとしたんですけど⁉

「ていうかそれナマハゲですって……」

「あ、そうだったそうだった」

すっかりいつもの調子に戻った紗綾が、バスケットをふりふり。

「お菓子くれたら、いたずらしちゃうぞ？」

「ちょ、それも微妙に違います……！」

とはいえ困ったな――

「お菓子かぁ……。飴はあるっちゃあるんですけど、これだし……」

ポケットから出したのは、のど飴だ。

ハチミツとか、フルーツ味じゃない本格派。効果は抜群だけど、女子ウケ微妙そう……。

それもあって、『俺のもどうぞ』とは出せなかったんだよなぁ……。

城将の繰り出した緑のチェルシーブロックを思い出し、ハァと肩を落とす。

「ちょっと買ってきます、もっと甘い……」

「え～やだ、それがいい～～！」

「でもこれ、漢方っぽい味で全然お菓子感ないんです」

「ダイジョブ、君がくれるならなんだって甘くなるから。梅干しでも唐辛子でも――」

まったく、ウチの姫さまときたら、まーたそういうことサラッと言ってくれちゃって――。

「や、さすがに唐辛子は無理なんじゃ……」

ツッコみつつも、「じゃ、じゃあ……」と、のど飴を渡す。

「わーい、いっただき～～♥」

早速包みを開けた紗綾が、ポイッと口に放り込んだ。

「……って苦〜〜いっ！　それにすっごくスースーするよぉぉぉ、湿布の帝王みたいな味なんですけど〜〜〜！」

「だから言ったじゃないですか……。あ、でもそれ、体には優しいんですよ？　ちょっと喉痛いときとかすぐ良くなるし」

「へぇー」

口の中でコロコロと飴を転がした紗綾が、寂《さび》しそうに笑った。

「なんだか君みたいだね。優しさたっぷりなのに、ちっとも甘くない――」

「え……」

ああ、まただ――感情の読めない、ガラス玉みたいな瞳が見つめる。

だけどそれは一瞬のことで、

「なーんてね！」

すぐに笑顔が戻った。

「そろそろ準備に戻らなきゃ、君にこの格好見せたくて抜けてきたんだ〜。ほらこれ、当日は着られないし？」

「え、そうなんですか？」

「だってコスプレ写真館だよ〜？　衣装とか背景用意するだけで当日は撮る側〜〜……っと、

教室戻るならマスク付けなきゃ」

言いながら、紗綾がマスクを装着する。

そ、そっか、当日は着られないから、それで見せにきてくれたんだ。

俺が屋外にいたから、それならって、わざわざマスクまで外してくれたんだよな、きっと――。

「今日は文実《ぶんじつ》に顔出せないから、また明日――かな」

「よく似合ってます……！」

「へ……？」

「ネコ耳もハーフツインも最高です！　すごく、すごく、似合ってて……その……見せにきてくれてありがとうございます……！」

周回遅れの賛辞になってしまった。

だけど、どうしても告げずにはいられなくなって――

でもああ、もっと早く言っておけばよかった。

「へへへ、どーいたしまして！」

ニッと目を細めて、くるんとその場で一回転してみせるネコ耳姫さま。

その姿は、この世の光を全て集めたみたいに眩《まぶ》しくて、
あともう少し早ければマスクなしの、とびきりの笑顔が見られたのに――。

「じゃ、また明日ねん♪」

るんるんとスキップで去っていく彼女。

その後ろ姿を見送りながら、真守は強く願う。

ああ、先輩にもっと近付きたい。

気の利《き》いたセリフやエスコートで彼女を喜ばせて、星も霞《かす》むような笑顔が見たいんだ。

そのためには、早くオトナにならなくちゃ。

そうだよ、城将先輩にだって負けないくらいに——。

〈なんであいつが涼海さんの隣に⁉〉じゃなくて、〈なんだあの二人、意外とお似合いじゃん〉って誰もが認めるくらいの、先輩に釣り合うような、余裕み溢れる男になりたい……！

だけど今のままじゃ全然で、だから——。

スマホを取り出した真守は、璃子にメッセージを送る。

〈さっきの話だけど、課外授業、お願いしてもいいかな？〉

4問目　これはそう、課外授業

橙寺《だいだいじ》との課外授業は、文化祭前日に決行することになった。

まさかの告タコ前日。

もっと余裕がほしかったのが本音だけど、連日文化祭の準備で大忙し——とてもじゃないけど疑似デートなんて暇はなかった。

だけど、文化祭前日は半日授業だし、文実《ぶんじつ》もサラッと当日の流れを確認するだけ。本番に備えて早めに切り上げるって話だったから、直前ではあるけどチャンスはこの日しかないってことになった。

颯真《そうま》君にも、『デートの下見は俺《おれ》と橙寺で』って話は通してある。

といっても、彼女の事情までは明かせないから、

『乙女心の専門家として、橙寺が協力してくれることになって……』

と、それとなーくぼやかしておいた。

とはいえ、颯真君を置いてきぼりにするのも悪いと、

『もちろん、後日改めて颯真君と下見っていうのもＯＫだよ？』

なんてお伺《うかが》いを立ててみた。だけど、彼はクールに首を振って、

『ちゃんとリサーチしてくれるなら橙寺先輩とお二人でどうぞ。正直、男二人でデートの下見なんてどうかと思いますし』

や、そもそもの言い出しっぺ、君なんですけど⁉

ちなみに、ツンツンしてはいるけど一応は俺に懐《なつ》いてくれているらしい彼は、橙寺にはまだ心を開いてないようだ。

『あの人、穏やかそうに見えて目の奥が怖いっていうか、笑顔でとんでもない要求してきそうですよね。下見の件もただの親切じゃなくて、何か裏があるんじゃないですか』

なんて鋭いことを言っていた。

『まさかとは思いますが、ハレンチな下見はくれぐれも慎んでくださいね？　そういうレポートはいらないんで……！』

なんて微妙な忠告もくれたけど……。

まぁそんなこんなで、あっという間に文化祭前日が来て——

「わぁぁぁ、壮観だねぇ～」

文実の委員会室、真守《まもる》たち文実メンバーは教卓に置かれた段ボール箱を囲んでいた。

中にはフェルトでできた愛らしいタコ形お守りが一三〇〇個——箱から溢《あふ》れんばかりに集まっている。

「みんな忙しい中、頑張《がんば》ってくれてホントにありがとうだよ〜〜」

無謀な目標数を設定した紗綾《さあや》が頭を下げると、

「こちらこそですよ、先輩がお守り提案してくれたおかげで告タコの伝説も守れるし、私たち恋のキューピッドになっちゃいますね！」

「普通にお守りとしても可愛《かわい》いし、いろんな人に喜んでもらえそう〜〜！」

女子たちのテンションは最高潮。

「みんなの想《おも》い、きっと届きますよね——」

そう言った久錐《くすい》の視線は、なぜか真守に向いていた。

え、俺……？

不意打ちに驚きつつ「うん、そうだといいよね」と、明るく返す。

でもそっか、お守りを買ってくれる人の数だけ『想い』があるんだよな。

もちろん、みんながみんな告タコするってわけじゃないんだろう。

それでも自分の合格祈願だったり、友達へのエールだったり、
みんなそれぞれに想いがあって——うん、青春が咲き誇りそうな予感ある！

——ああ、俺の想いも、どうか……！

愛しの姫さまを見やると、彼女もこちらを見ていたらしく、バチッと目が合う。

だけどその瞳《ひとみ》はどこか不安げで、どうしたんだろう……。

さっきまで、元気いっぱいだったのに。

「こ、こう見ると同じタコでも個性ありますよね、いろんな顔があるっていうか……」

無難な話題で様子見した真守は、「あ……！」とお守りの山から一つ手に取る。

「これ、紗綾先輩のタコじゃありません⁉」

「へ？　どれどれ……」

近付いて確認した紗綾が、「ほんとだぁ」と驚きに目を見開く。

「なんでわかったのぉ？　こんなにたくさんのタコの中から私が作ったやつ見つけちゃうなんて……もぅ、君ってば私のこと好きすぎじゃない？」

「ややや、だってこんなカオスな縫い方、先輩以外にできませんって……！」

ヤバい、照れ隠しでちょっとヒドいこと言ってしまった。

でも実際、超絶不器用な彼女の縫い目は、前よりマシになったとはいえかなり残念。

「ほらこの辺とか、もはや並縫いじゃなくて波縫い状態ですし……」

「むぅぅぅ、これでもだいぶ上達したんですけど～？」

「ハハ、わかってますって。形はすごく良くなりましたよね、前は隕石《いんせき》とか漁船とか、何かしらに潰《つぶ》された状態でしたけど、これはもう正真正銘の真ん丸タコさんですし！」

「でしょでしょ？　こんな短期間で上達しちゃうなんて、私って選ばれし裁縫の勇者かも！　眠れる才能《チカラ》が火を噴いたってやつぅ？」

「や、それにしては顔の刺繍《ししゅう》、口の方向カオスすぎやしませんかね？」

だって、タコだから本当は『ε』の向きなのに、彼女のお守りは『ω』になってて、これじゃネコの口みたいだ。

「しかもタコなのにまつげありますよね、謎《なぞ》のキュートさプラスされちゃってるんですけど？」

「え、タコってまつげなかったっけ？」

「ないですないです、これじゃタコっていうより新種の生命体お守りです」

「ううう、朝山クンってば厳しい〜〜」

「や、でもこれ先輩に似てて可愛いなって思って、だから気付いたんです。ひょっとして紗綾先輩が作ったんじゃないかって！」

だって不器用な文実メンバーは先輩だけじゃない。彼女ほどじゃないにせよ、縫い目が不揃《ふぞろ》いなお守りは相当数存在している。

どれも手作りならではの味があってほっこりしてしまうのだけど、このタコの表情はどこかいたずらで、もしかして——？　ってピンときた。

タコなのにネコ口。

コロンと愛らしい謎の生命体を、ふふっと微笑《ほほえ》ましく見つめる。と——

「ねねね朝山クン、今私のこと可愛いって言った？　言ったよね、先輩に似てて可愛いって……！」

目をキラッキラに輝かせた紗綾が、興奮気味に聞いた。

「ややや、今のはその、せっ、先輩じゃなくてお守りが可愛いって話ですぞ……⁉」

俺ってばかなのかな、恥ずかしくてつい否定してしまった。

ああもう、明日は告タコ本番だってのに、何やってんだ……！

「ふーん？　でもさ、君の顔、お守りに負けないくらい真っ赤《まっか》だよ？」

いたずらな瞳をニイッと細めた彼女が、クスリとつぶやく。

「ふふ、照れちゃって可愛い」

うわぁ今のめちゃめちゃ子ども扱いされたみたいでフクザツだし、余計に恥ずかしいんですけど……！

「ね、今日これで終わりでしょ？　一緒に帰ろーよ、最近準備が忙しくてあんまり話せてないし」

「あ……すみません、今日はちょっと……」

この後は例の『課外授業』だ。穏便に断らなきゃと適当な理由を探す。

「その……クラス展示の方でやり残したことがあって……」

「朝山クンのクラスって、オリジナルドラマ流すんだっけ？　前に話してくれたよね、七日星《なのかぼし》で劇がNGになった代わりだって」

「そ、そう……その編集作業がその……まだちょっと残ってて……」

「ふぅん、それで璃子《りこ》ちゃんと一緒に――？」

紗綾の視線がチラリ――遠くで女子たちと談笑する璃子の方へ流れる。

「へっ、なななんで橙寺⁉」

「だって二人、同じクラスなんだもんね？」

なんだ、そういう意味か……。

疑似デートが妙に後ろめたくて、過剰に反応してしまった。

「ハハ、そうですね。そ、そういうことなんで今日はすみません、先に帰ってくださりませんか……？」

ヤバい、動揺しすぎて上手《うま》く話せない。

何かを察したように、紗綾のガラス玉みたいな瞳が揺れた。

「ねぇ朝山クン、私に隠し事なんてないよね？」

「な、ないですよ、そんなの………」

堂々とは言えなくて、視線をそらしてしまう。と――

「どこにも行かないで……」

消え入るような声。

彼女の震える手が、真守のブレザーの袖《そで》をキュッと引っ張る。

「最近ね、君のことすごく遠くに感じちゃうんだ……。どこか私の手の届かないところに行っ

ちゃうんじゃないかって、不安で……」

「そ、そんなわけないですよ……」

今日の疑似デートのことは秘密だけど、先輩から遠ざかるなんてとんでもない。

だって、彼女にもっと近付くための練習なんだから――。

「俺、どこにも行きませんよ、先輩を置いてなんて……」

「そかそか、ならよかった――」

小さく笑った彼女は、だけどとても寂《さび》しそうで、
ああ、こんな顔させたかったんじゃないんだ。

いつもみたいな、もっと花が咲くような笑顔が見たい……！

そのためにも、臆面《おくめん》もなく『可愛い』を連発できちゃうような、城将《じょうしょう》先輩級の余裕を身につけなきゃ……！

どうか姫さま、あと少しだけ待っててください。

明日の告タコまでには、先輩に見合うオトナの男に生まれ変わってきますから……！

不安げな紗綾を前に、心の中でそう誓う真守だった。

その後、文実の打ち合わせはつつがなく終了。

紗綾と別れた真守はこっそりと駅に向かい、トイレで用意していた私服に着替える。

ちなみにここで言う駅っていうのは、いつも使ってる学校の最寄り駅じゃない。

疑似デートの目的地付近の駅だ。

オシャレスポットが集まる繁華街だからかな、普段使ってる地味めな駅とは趣《おもむき》が違って華やかだ。

吾嶌《あしま》生の多くは休日、この辺りで青春を謳歌《おうか》してるみたいだけど、俺の場合、友達の家でゲームばっかだもんなぁ……。

わざわざこんなオシャレな街まで出ないし、場違いじゃないかな……なんて怖《お》じ気《け》づきながらも、改札付近で璃子を待つ。

『疑似デートは、大人っぽい格好でお願いしますね』

事前にそう指定があったから、迷いに迷った末に、ロンTにキレイめのシャツを羽織《はお》って、チノパンと合わせてみた。

引くほど変ってことはないけど、無難すぎて微妙だったかも……？

それに靴の替えなんて頭になかったから、私服なのに学校指定のローファーだし、ああ、通学バッグもコインロッカーに預けなきゃだ、ミスマッチすぎる……！

ズーンとヘコんでいたら、

「お待たせしました」

凛《りん》と優雅な声が響いた。顔を上げると、わぁおビューティフォー！

紺色のワンピースに身を包んだ璃子が立っていた。

全体的に清楚《せいそ》なデザイン——なのに、肩の一部だけがちょこっと開いてて、白い素肌がチラ見えしている。

おおお、上品セクシー……！

こういうの、紗綾先輩にも似合いそうだよなぁー。

ていうか先輩、いつもどんな服着てるんだろう……って今は疑似デートに集中しろよ俺……！

「肩あきワンピ、初挑戦なんですけどいかがですか？　写真でも大人っぽく写りたいなって頑張ってはみたのですけど……」

璃子はそう言って、少し恥ずかしそうに俯《うつむ》く。

そっか、わざわざ大人っぽい格好を指定したのって、想い人に見せるデート写真のためか。

健気《けなげ》だよなぁ、彼を振り向かせようといろいろ頑張って……。

写真には写らないであろう靴も、ちゃんと私服用の可愛いやつだし！

「すごくいいよ。普段の雰囲気と違って新鮮だし、だけど橙寺らしさもあるっていうか、めちゃめちゃ可愛い！」

「ふふ、ありがとうございます」

嬉《うれ》しげに答えた璃子は、けれど不思議そうな顔で続ける。

「朝山君、練習しなくてもちゃんと言えるじゃないですか、『可愛い』――」

「あ、ほんとだ……！」

そういえばサラッと言えてしまった。

「でもさ、『可愛い』だけじゃなくて、もっと気の利《き》いたセリフも言えるようになりたいんだよね。ほら、城将先輩って、歯の浮くようなセリフが母国語ってとこあるし？」

「ふふ。では今日はとことん特訓しなきゃですね」

「うん。悪いけどよろし……」

「……どうかしました？」

「や、今、視線を感じたような……」

くるり――周囲を見回してみる。

けれど、特に誰《だれ》かが見てるってこともなくて――

「ごめん、気のせい。最近、過敏になっちゃってるとこあってさ……」

「注目の的《まと》ですもんね、紗綾先輩の隣にいると」

「ハハ、ホントそう……。俺じゃ先輩に釣り合わないから、みんなからの嫉妬《しっと》が痛いのなんのって……」

「それももうおしまいですよ、明日からはほら、紗綾先輩にぴったりなオトナの殿方になるんですから。そのためにも今日は練習あるのみです！」

璃子はそう言ってスッ——恋人のように、ナチュラルに腕を組んできた。

「手を繋《つな》ぐのは七日星的にNGですけど、腕組みなら直《じか》には触れませんし、構いませんよね？」

「あああ、う、うん……！」

びっ、びっくりしたぁ〜〜〜！

急に腕を組まれた驚きで胸がバクバクする。

——だけど、なんだろう、あのときとは随分違う。

頭をよぎったのは、学校待機中、紗綾先輩とゴム手袋ごしに手を繋いだときのことだ。

あのときは驚きの他に、胸が躍り出すような興奮があって、あまりのドキドキに心臓が破れるかと思った。

もちろん今も多少はソワソワしてるけど、あの日と比べるとかなり冷静でいられる。

腕組みの方が、体の密着度で言えば高いはずなんだけど、『初めて』の腕組みにしてはあっけないっていうか……。

相手が気心の知れた同級生だから、安心感もあるのかな。

このぶんだと、女の子への免疫《めんえき》も難なくゲットできるかもしれない。

よし、この調子だ。

紗綾先輩のためにも、目指せ余裕み溢れるオトナの男……！

気合いを入れ直した真守は、人生初の腕組みで目的地のカフェへと向かった。


やって来たのは、椅子の背もたれがハート形でラブリーな例のカフェだ。

候補の中で一番リボンちゃんが好きそうな店を、事前に颯真君と相談して選んだってわけ。

元はと言えば、彼らのための下見だし！

愛らしい店内は大学生っぽいカップルや、女性グループで賑《にぎ》わっていた。

制服姿の高校生もチラホラいたけど、文化祭前日ということもあって、さすがに吾嶌生の姿はなかった。

ちなみに男二人組の姿もなくて、颯真君と二人じゃなくて良かったかも……とホッとする。

案内されたのは眺《なが》めの良い窓際《まどぎわ》席で、さすがはオシャレな繁華街。

テレビの特集に出てきそうな、トレンド感溢れる街並みが見える。

「お、俺、場違いじゃないかな、ちゃんと溶け込めてる？」

「ふふ、こういうときはどっしり構えるのが一番ですよ？　ソワソワしちゃうから浮いちゃうんです」

テーブルの上には七日星対策らしきアクリル板があって、向かいのソファ席に座った璃子が透明な境界ごしに笑った。

「でもさ、こんなカップル向きの店初めてだし、なんか落ち着かなくて……」

や、だからこそ練習に来たわけだけど……。

でもまぁ、落ち着かないわりには落ち着いてるんじゃないかな、すごく矛盾してるけど。

俺も橙寺も目的がはっきりしてるせいか、清々《すがすが》しいまでに健全だし、目的達成のために粛々《しゅくしゅく》とタスクをこなしてる感がある。

女の子と出かけるなんて生まれて初めてなのに、そういう意味でのドキドキは薄いっていうか。

なのに、ああ――。

透明な板の向こうに、今はいない紗綾先輩を想像してしまって無性《むしょう》に胸が痛む。

アクリル板を挟むのって、なんか刑務所での面会チックな雰囲気あるし、そのせいで悪いコトした気になってるのかも？

と――注文したパフェとドリンクのセットが運ばれてきた。

橙寺のオススメで、この店の一番人気。

ハートのグラスに入ったパフェは、まぁるく盛られたチョコとバニラとストロベリー――三色のカラフルなアイスに、生クリームがくるん。

木イチゴやブルーベリーも宝石のように添えられていて、問答無用で愛くるしいし、めちゃめちゃ美味《おい》しそう……なのに、えええ――⁉

「ちょちょちょ、煙……！　こここ、このパフェ燃えてない⁉」

グラスの下の方からモクモクと勢いよく立ち上《のぼ》る煙に、

「しょっ、消火しなきゃだよね、水かけるべき⁉」

なんて、お冷や片手にテンパってしまう。

「朝山君、落ち着いてください」

モクモクモク。煙で真っ白になったアクリル板の向こうから璃子の冷静な声がした。

「それ、燃えてるんじゃなくてドライアイスです」

「え、そうなの⁉　こんなモクモクしてんのに火事じゃないの⁉」

「恋のマジックっていう、このカフェの名物なんです。SNS映えするって好評なんだとか。さすがにこのご時世なので今はないですけど、煙に隠れてキスしちゃうカップルもいたそうですよ」

「そそそ、そうなんだ……」

確かにこの煙、全然熱くないし、ヒンヤリ冷気が広がってる……！

「朝山君、こういう演出初めてでした？」

「う、うん、ごめん無駄にびっくりしちゃって……」

ヤバい、周りのカップルたちにまでクスクス笑われちゃってる。

そりゃそうだよな、パフェが燃えるわけないし、普通に考えたらドライアイスだろ……。ああ、俺カッコわる……！

「これが下見でよかったよ、こんなとこ紗綾先輩に見られたら……」

ハァと嘆息した真守は、気を取り直してスプーンを手に取る。

「でもまぁとりあえず、いただきま……」

「あ、その前にお写真を……！」

慌てた様子の璃子が、向かいの席から真守の隣へと移る。

そっか、橙寺の想い人に見せる写真、撮らなきゃだった！

「これでお願いします」

マスクを外し、自分のスマホを託してきた璃子が構図の説明を始める。

「二人でセルフィーする感じで撮ってください？　これから流行《はや》りのパフェを食べまーす、みたいな感じで」

「ええと、パフェを入れつつ二人でセルフィー……こうかな？」

言われた通りにスマホのカメラを構えると、

「あ、朝山君の顔は入れなくても大丈夫です」

「え、そんな謎の構図でいいの？　もっとちゃんとしたツーショットの方がいいんじゃ……」

「ふふ、彼には朝山君の顔、知られない方がいいので」

あー、橙寺の想い人ってちょっとワルな先輩なんだっけ……。

それは確かにうん、俺の顔は伏せてくれた方がありがたいかも？

写真で覚えられて、急に絡《から》まれても困るし……！

「じゃ、じゃあこんな感じかな？」

「あ、顔は入れなくていいんですけど、なるべく悪い男感を出していただけません？　うら若き女子高生を弄《もてあそ》んでる風に」

えぇぇ、それってどういうこと……⁉

ああでも、普通のカップル写真じゃ、『お前らお似合いじゃね？』とかスルーされちゃうかもだし、ヤンチャな想い人攻略には小細工も必要ってことか、了解……。

「もっと体全体でゲスを表現してください、私のこと強引に抱き寄せて……さんはいっ！」

熱のこもった演技指導に従って、

「こ、こうかな……？」

彼女の肩をグイと引き寄せる……っておおぅ！　今日の橙寺、肩あきワンピだから生の肌に触れちゃったんですけど⁉

滑らかな感触。なんか良い香りするし、男としては無条件にドギマギしてしまうシチュエーション——ではあるんだけど、今は演技に集中してるからか全然セーフ！

取り乱すってほどじゃないし、むしろノリノリでいくぜ、俺は女子高生を弄ぶワル……！

役に入り込み、渾身《こんしん》のゲスっぷりでカシャ——撮影ボタンを押す。

「こ、これでいいかな」

頑張った甲斐《かい》あって、画面には無垢《むく》な美少女を無理やり抱き寄せて、流行りのパフェにご満悦なゲス男……の首から下が写っていた。

「あ、イイ感じに最低ですね！　ありがとうございます」

「ハハ、お役に立てたのならよかった……って、ん――――？」

「どうかしましたか？」

「や、なんかまた視線を感じたっていうか……」

まぁ渾身のゲス顔してたし、気になってチラ見しちゃった人くらいはいるか。

俺ってば自意識過剰すぎ……。

フッと苦笑して、「ごめん、なんでもない」と首を振る。

それにしても――演技とはいえ、カップル自撮りなんぞしてしまった。

や、正確に言うと俺の顔は写ってないから、純粋な自撮りにカウントしていいかはビミョーなとこだけど……。

橙寺のためとはいえ、意外とあっさり撮れてしまったよなぁ――。

女子との『初めて』のツーショット。

女の子と二人で写真なんて、もっとトクベツなことのような気がしてたけど……。

ああ――こんなことなら、勇気を出して頼めばよかった。

『そのネコ耳、すっごく可愛いです、ぜひ一緒にお写真を……！』

脳裏《のうり》に浮かぶのは、どうしたって紗綾先輩のことだ。

あの日、俺のためにネコ耳ハーフツインなんて異次元に可愛い姿を披露《ひろう》してくれた彼女。

あんな貴重な姿、もう一生拝めないだろうに、
情けないよなぁ、照れに負けて言い出せなかった。

「朝山君、私と視線をからめてください」

いつの間にか向かいの席に戻っていた璃子が、アクリル板越しに言った。

「写真のお礼です。付き合いますよ、練習」

「あ、うん、ありがとう……」

そうだ、後悔してる暇があるなら、練習しなきゃ……。

先輩に見つめられてもテンパらないように、余裕たっぷりに視線を合わせて――。

橙寺の瞳はどこまでも深い鳶《とび》色で、
少し憂《うれ》いのある、ミステリアスな輝きに吸い込まれてしまいそうだ。

だけどああ――やっぱり先輩を前にしたときとはまるで違っていて……。

「俺、こんなんでいいのかな……」

「ふふ。本番は明日ですものね、不安はわかります」

静かに笑った璃子が、颯真の手帳を取り出してパラパラとめくる。

「この近くに、素敵な夕焼けを楽しめる公園があるみたいですよ。後で下見しましょうか、告白の練習にもぴったりなスポットですし」

「ありがとう、でも……なんていうか、それじゃダメな気がするんだよね……」

「では、もう少し踏み込んだ実地訓練でもいたしましょうか？」

透明な境界の向こうで、璃子がいたずらっぽく瞬《また》く。

「七日星もありますから、濃密すぎることはできませんけど、この板を介せばキスの練習もできちゃいますね。すごく本番に近い形で――」

優等生らしからぬ誘惑。

彼女の瞳は静かな色気に濡《ぬ》れていて、危《あや》うく本気で見入《みい》ってしまう――そんな状況に陥《おちい》ってもおかしくはないのに……。

頭の中はやっぱり紗綾先輩のことでいっぱいで、
アクリル板越しにキスか……マスク越しなら先輩と――――。

痺《しび》れるように甘い記憶が、胸をキュウッと締め付ける。

「もしかして、もうご経験ありました？　意外と進んでますもんね、お二人――」

「や、そそ、そういうわけじゃないけど……」

でも先輩ならこういうとき、アクリル板にずいっと近付いて言いそうだよな。

『ね、朝山クン、もっとこっちに顔を寄せて？　ほらほらもっともっともっと……やだ、そんなに近付いて、君ってば私のくちびる奪っちゃう気？』


……ってヤバい、ただの想像なのにテンパってきた……！

妄想《もうそう》で真っ赤に熟《う》れた顔を両手で覆《おお》い隠す。

「紗綾先輩は幸せ者ですね、こんなにも想われて――」

小さく肩をすくめた璃子が、ハート形のカップに入った、ふわふわミルクたっぷりのカフェラテに口を付ける。

「あ……美味しい。久しぶりだなぁ、この味――」

「家では飲んだりしないの？」

「前はよく飲んでたんですけど、母がつわりで、コーヒーの匂《にお》いがダメになっちゃったんです。嗅《か》ぐと吐き気がしちゃうみたいで」

「へぇ、それは大変だね……ってお母さん妊娠中なんだ⁉」

「ふふ、びっくりですよね。今まで一人っ子だったから、急に歳《とし》の離れた弟ができると思うとなんだか不思議で……正直戸惑ってます」

「あー、俺も一人っ子だからわかるかも。兄弟増えるの嬉しいけどえええ今⁉　ってなりそう」

自分の親が子どもができるようなコトしてるのとか、あんま考えたくないし？

や、そーゆーコトしたからこそ俺が生まれたわけだけどね……⁉

「でもさ、お姉ちゃんが橙寺なんて、弟くん勝ち組だよな。美人で優しくて優等生――模範的な、いいお姉さんになりそう」

本気でそう思ったのに、

「――私、そんなにいい子じゃないです」

彼女の顔が、みるみる強張《こわば》っていく。

「見ちゃったんです、見ちゃいけないもの……。ケータイの中身――」

「今どきケータイ？　スマホじゃなくて……？」

それに、見ちゃいけないケータイって想い人のかな……？

メールの送信履歴とか、そういうの――？

しばらくの沈黙があって、

「恋ってね、本当にタイミングなんです――」

儚《はかな》げな笑みで、ハート形のカップに視線を落とす彼女。

その瞳は、込み上げる涙に揺れていた。

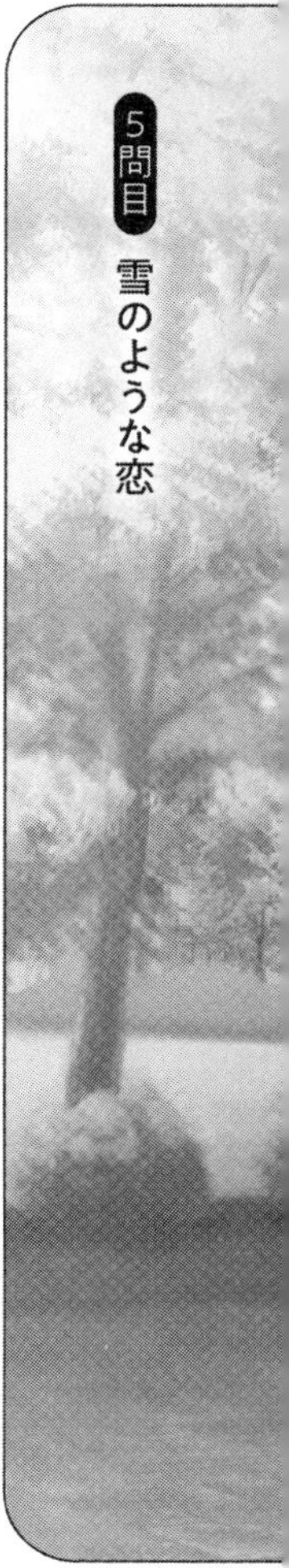

5問目　雪のような恋

確かに最初はね、恋に恋してただけなのかもしれない――。

ハート形のカップを見つめながら、璃子《りこ》は思う。

『幼なじみの謙《ケン》ちゃんがね、ママのために文実初《ぶんじつ》の屋台を実現してくれたの！　すっごくカッコよかったのよ？　ほら、これがそのときの写真なんだけど――』

幼いころから、彼にまつわる美談を母から聞かされ続けていたし、ちょっとしたインプリンティング状態だったのかも。

気付いたときには、会ったこともない『謙ちゃん』への憧《あこが》れでいっぱいだった。

暇さえあれば母の卒業アルバムを拝借《はいしゃく》、照れくさそうな彼の個人写真を穴が開くほど眺《なが》めたりして。

同年代の男の子たちなんて、まるで目に入らないの。

テレビの向こうのアイドルに熱を上げるように、頭の中は謙ちゃん一色《いっしょく》。

ああ、私の前にもいつかこんな素敵な人が現れたらいいのにって――。

だから、高校の入学式で配られた教員一覧に息を吞《の》んだ。


〈藤崎謙吾《ふじさきけんご》〉


名前だけなら同姓同名もありえるけれど、そこに添えられた写真は間違いない。

母の思い出語りに出てくる、あの『謙ちゃん』だった。

もちろんそれなりに歳《とし》を重ねていた彼は、アルバムに残る精悍《せいかん》な顔つきではなかった。

恋の魔法がなければ、ただのオジサンとしか思えなかったかも。

だけどこれ以上ないってくらい魔法が効いてたから、生気のない疲れた目も『お仕事が大変なのね』なんてセクシーに感じて。

ボサボサに乱れた髪だって、『ふふ、写真を撮る日に限って寝坊しちゃったのかな』なんて可愛《かわい》く思ってしまった。

運命だわ、あの『謙ちゃん』が吾嶋《あしま》で先生になってたなんて……！

心臓って、こんなにもドキドキするものなの？

自分でも驚くほどに胸が高鳴って――だから正直ガッカリ。

『はぁ～。春ってダルいよな、まぁ夏も秋も冬もダルいけどなぁ～』

ため息まじりにゆるっと教壇に立った彼は、え、本当にあの謙ちゃん⁉　と目を疑うほどダメダメ。

ヨレヨレのスーツで欠伸《あくび》して、やる気ない生徒よりさらにやる気なく授業していた。

声には覇気《はき》がないし、ボサボサの髪は遅刻した日の例外ではなく日常。

何をするにも『面倒くせぇ』なんてこぼす、情熱の欠片《かけら》もない姿に失望してしまった。

もっとも、初めて私を目にした彼の顔は、まさしく『謙ちゃん』だったなぁ。

『美《み》……緒《お》……？』

なんて、幽霊でも見たように固まって。

緊張感のあるピリッとした顔に、思わずドキッとしてしまった。

あの驚きようは、絶対に私が『美緒』の娘だって気付いたはず。

父は婿養子《むこようし》だから、『橙寺《だいだいじ》』って名字も『美緒』と同じだし、普通なら――

『ああ、美緒の娘さんか。先生な、お母さんとは幼なじみだったんだぞ』

って明かしてくれるところでしょ。

それなのに、彼が母について言及することはなかった。

幼なじみだったくせに、母とはまるで面識がないみたいな顔で、

『ああ、橙寺ってあれか、大きな会社んとこの……』

不自然すぎてピンときちゃった。

彼にとって、母とのことは『いい思い出』じゃないのかもって。

ま、ダルダルのオジサンになっちゃった彼のことなんて、もうどうだっていいけど……。

そう思っていたのに――。

インプリンティングが強すぎたのかな、瞳《ひとみ》は彼のことばかりを追っていた。

だからわかったの。

『面倒くせぇ』が口癖な彼は、けれど生徒思いの熱い先生だってこと。

常にダルっとしてるようで、ここぞってときは『謙ちゃん』だなぁってほっとするような、
情熱を宿した眼差《まなざ》しになるの。

見てないようで生徒のこと、すごく気遣ってる。

いつもと様子が違う子には、

『なんだよ、しけた顔してんな』

って、ぶっきらぼうだけど優しい声をかけて、
失敗を恐れて踏み出せずにいる子には、

『青春なんてのは派手に転ぶためにあるんだよ、四の五《しご》の言わずに無限の可能性を信じろ！』

なんて背中を押していくの――。

だけど普段があのダメっぷりだから、生徒からは散々な言われよう。

『エビサキってば、やる気なさすぎ』

『ダメな大人の典型っていうか、全然モテなそう』

みんな違うの、『謙ちゃん』はちゃんとカッコいいの……！

先生も先生だわ、いつも昔みたいにピッとしてたら素敵なのに……。

そんなことを思ううちに、彼への想《おも》いが再燃してしまって――それでも、今よりはまだ軽い気持ちだったかな。

私が先生のこと『謙ちゃん』に戻してあげる！

そんな思いで、彼にタコ焼きを渡しに行ったのは去年の文化祭のこと。

彼が始めた文実のタコ焼きは、告タコなんて一大イベントにまで成長していて、私が告タコしたら、照れながらも打ち明けてくれるかしら。

『実はさ、そのタコ焼き始めたの俺《おれ》なんだよね』

なんて過去を懐《なつ》かしみながら、私と青春の続きをしてくれる――？

淡い期待は、笑えない冗談で粉々に砕かれた。

『わりぃ、俺、タコ焼きアレルギーなんだわ』

ウソつき、ウソつき、ウソつき！

こっちはあなたの英雄譚《たん》を聞いて育ったのよ？

母と嬉《うれ》しげにタコ焼き食べてる写真だって、目に焼き付くほど見てるの！

なのに、どうしてそんなつまんないウソついて、懐かしい青春を分け合ってくれないの？

『謙ちゃん』にとって『美緒』との日々は、思い出すのも嫌なほどの黒歴史なの？

まさかね、そんなわけない。

だってあなたはいつも、母とは面識がないみたいな顔をして、そのくせ私のことを『美緒』って間違える。

切なげな瞳で私を——私の向こうにいる『美緒』を見てるの。

ああ、この人は母のことが好きだったんだ。

ううん違う、今もまだ好きで未練たらたらなんだわ。

だから母の思い出とも、母に似た私とも向き合えずにいるんだ。

だから私からの告タコを——私の想いをなかったことにして……！

彼の卑怯《ひきょう》な告白回避が憎らしくて、もうこんな人、追いかけるのやめようって思うのに、心はちっとも言うことを聞かなくて——。

『美緒』『美緒』『美緒』

何度間違えられても、想いは募《つの》るばかりだった。

だって、ずるいの。

私のことなんてまるで眼中にないくせに、私に『美緒』を重ねてばかりのくせに、生徒思いな彼は、生徒《わたし》の変化も見逃したりはしないで——。

学校待機のときだってそう。

『ねぇ璃子、アリバイ作り協力してよ。ちょっとだけ学校抜け出して彼に会いに行きたいんだぁ。大丈夫だって、優等生の璃子が言うことなら誰《だれ》も疑わないし！』

同じ班の友達からそんな無茶《むちゃ》を頼まれた私は困り果てていた。

脱走なんて絶対にダメ、危険すぎるわ。

きっぱり断るべきなのに、言い出せずにいた。

だって断ったら関係悪化は必至。普通の学校生活なら、ちょっと距離を置いてから仲直り……なんてこともできるけど、学校待機中は基本的に班行動。

逃げ場のない狭すぎるコミュニティーで仲違《なかたが》いは避けたい。

ただでさえ七日星《なのかぼし》で不安なのに、友情まで壊れたら……。それに——

『私の彼、浮気《うわき》してるみたいなの……。学校閉鎖のせいで一週間も会えてないし、連絡しても返信遅すぎで……。彼、すごくモテるから怖くて……』

恋する乙女としては、彼女の不安もわかるのだ。

とはいえ、脱走を見逃すなんてできないし……。人知れず悩んでいたら、

『なんだよ、しけた顔してんな』

不意に優しいタレ目が覗《のぞ》いた。

なによ、普段なら私が何か言っても『わりぃ、今忙しいんだ』って逃げちゃうくせに、学校待機中はホントに忙しくて全然眠れてないくせに、

『なんか困ってることあんなら聞くぜ？　心配すんなって、金なんかとらねぇよ、授業料に込み込みだからな』

なんて、いつもはくれない笑顔までくれて――。

普通の先生なら事情を明かしたとたん、

『そんなのダメに決まってんだろ、その友達って誰だ、呼んでこい！』

とか頭ごなしに叱《しか》りつけるんだろうけど、

『友情を壊したくない、か……。なるほどなぁー』

彼はいつものトーンでダルっと頷《うなず》いて、だけど耳の痛いことも言った。

『けどさ、そんなもんで壊れる友情なんざまやかしだぜ？　本当に友達が大事ならちゃんと断ってやれよ。わかってんだろ？　学校閉鎖中に逢い引きしたなんて知れたら、その子も彼氏もハンパなく叩《たた》かれる。もし彼氏が七日星になってみろ、「私のせいで……」なんてお前も友達もいらん心配するハメになるし、あと一週間くらい我慢した方がみんなハッピーじゃねぇか？』

先生ぶった上辺《うわべ》だけの綺麗事《きれいごと》はナシ。

『つーか、ちょっと会えないからってヨソ見するような男、こっちから捨ててやれって友達に言っとけ。手は繋《つな》げなくても、心を繋げられるような相手を選べってさ』

冗談っぽく笑った彼は、『まぁ、いろいろ不安になっちまうのもわかるけどな～』と彼なりの優しさもみせた。

『突然の隔離生活だ、彼氏が心配になったり、友達との仲を守りたかったり……ごく自然な感情だよ。大変な中、みんな本当によく頑張《がんば》ってると思うし、お前らの安全が守れる範囲での違反ならまぁ見逃してやる。時間外の長電話とか……あ、明日は自習サボって息抜きにサブスクでアニメでも見るか、アンパ〇マン！』

んもう、高校生にアンパ〇マンって……！

そりゃ名作だし普通に好きだけど、子ども扱いしすぎよ？

そのときは苦笑で応《こた》えたけど、ああもう、ほんとずるい。

なんやかんやで生徒思いな彼に、この胸は高鳴るばかりで――

もっと私のことを見てほしい！『美緒』を重ねるんじゃなくて、『生徒』としてでもなくて、一人の女性として、『橙寺璃子』として見てほしい――！

もうただの憧れや、インプリンティングなんかじゃない。

心の底から湧《わ》き上がるマグマのような恋慕が――激情が抑えきれなくなって、

『今度は逃しませんよ、謙ちゃん先生？』

学校待機最終日の朝、ずっと持ち歩いていた写真を手に宣戦布告してしまった。

他の誰でもない、『私』を見てほしかったから。

なのに、彼は相変わらず私越しに『美緒』を見ていて、さらにはウサギ先生にまでデレデレしちゃって――イヤよイヤよイヤ！
他の人に取られるくらいなら、母の代わりだっていいの。
必死の思いでアプローチしたのに、ちっとも靡《なび》いてはくれなくて――。
さんざん見紛《みまが》うほどにそっくりなら、私にしておけばいいのに、どうして――？
私と『美緒』の何が違うの？
まさか二人には、ただの幼なじみ以上の何かがあるの――？
たまにね、ふと考えてしまうの。
足元がガラガラと崩れていくような恐怖。
ただの思い過ごしならいいけど、だけど――。
突き止めずにはいられなくなって、不意打ちの反則で秘密の『鍵《かぎ》』を手に入れた。
こんなの、いけないことだってわかってる。
だけどごめんなさい、私はいい子なんかじゃないの――。

「恋ってね、本当にタイミングなんです――」
困ったな、朝山《あさやま》君との課外授業中なのに、思い出すと涙が込み上げてくる。

ハートのカップを手に、溢《あふ》れる想いをどうにか宥《なだ》める。

「橙寺……？」

向かいの席の朝山君が、心配そうに見つめる。

「その……ケータイを見ちゃったって、想い人のだよね……？　何かショックなものでもあったのかな、他の女の子との浮気写真とか……」

恐る恐る聞いた彼は、

「あ、でも付き合ってないから浮気じゃないのか……。や、それにしてもショックはショックだよね……」

と、自分のことのように落ち込む。

「そうですね、とてもショックでした――」

だけど、私が見たのは彼のケータイじゃない。

クローゼットの奥にある、古ぼけた箱。

幼いころ見つけたその中には、若き日の母の思い出が詰まっていた。

プリクラばかりの手帳（顔の加工はナシなのに、スタンプや落書きで鬼盛りされたプリクラがビッシリ貼《は》ってある！）とか、やけに小さなCD（ミニディスクって書いてあるけど、どうやって聞くのか謎《なぞ》。肝心のCDが真四角のプラスチックケースから取り出せない！）とか不思議なものがたくさんあって、可愛いハートのストラップ付き――オモチャみたいなケータイもそこで見つけた。

電池切れだったけど、一緒に入ってた充電器に繋げばまだ動くことがわかって、子どものころはそれこそオモチャにして遊んでいた。

データフォルダには、若き日の母の自撮りの他に謙ちゃんの写真もあったし――。

もしかして、謙ちゃんからのメールも見られたりして！

子どもらしい好奇心でメールボタンを押した。

けれど、ロックがかかっていてメールメニューには辿《たど》り着けなかった。

パスワードは四桁《けた》。母の誕生日や好きな数字の組み合わせ――いろいろ試してみたけど、結局解除はできなくて、
当時の私は、まぁいっかって、あっさり諦《あきら》めてしまった。

だけど――。

『お前みてぇなガキは面倒くさいんだよ。そりゃ勉強はできるかもしれねぇが、恋はまるで初心者――手軽に遊びたい俺からすると重いんだわ優等生』

そんな冷たい言葉ばかりで、ちっとも振り向いてくれない彼に、
まさか、ね――。

密《ひそ》かに感じていた不安――。

ある仮説を確かめずにはいられなくなって、

学校待機を終え、二週間ぶりに家に帰った私は、家族との久々の再会もそこそこにクローゼットに向かい、こんなことはいけないことだ――わかってはいたけれど、箱から取り出した母のケータイを充電器に繋いだ。

そこに答えがあるはずだから。

メールを読もうにもロックがかかってるだろって？

ううん、鍵なら手に入れてしまった。

悪い子だから、反則の不意打ち。

『誕生日、教えてください。いいじゃないですかそのくらい。それとも、代わりに激しいキスをくれます？』

この鍵がもしホンモノなら、その時点でもう――。

謙ちゃんと美緒、二人の関係を知りたい気持ちはある。

けれど、この鍵が『正解』であってほしいような、ほしくないような……。

矛盾した思いが胸に渦《うず》巻いた。


『ねぇ、ママはどうして謙ちゃんとケッコンしなかったの？』

それはいつだったたか、無邪気な子ども心から投げかけた質問だ。

だって、単純に疑問だったの。

幾度も懐かしむほど素敵な幼なじみを、トクベツな意味で好きになったりしなかったのかなって——。

母は、静かに笑ってこう言った。

『確かに謙ちゃんは素敵な人よ、だけどただの幼なじみ。恋は育たなかったの』

そっか、ママにとって謙ちゃんは恋愛対象外だったのね。

それもそっか、だからこそママはパパと結ばれたわけだし！

まだ無垢《むく》な子どもだったあのころは、母の言葉を素直に受け止めたけれど——。

何年ぶりだろう、ケータイのメールボタンを押し、震える手でロック解除の四桁を入力する。

０６１７。

六月一七日——彼から手に入れた秘密の鍵だ。
ポ、ポ、ポ、ポ。どこか間の抜けた操作音が鳴り終えた刹那《せつな》——
知らない画面。昔は辿り着けなかったメールメニューに切り替わった。

切り替わってしまった。

ああ、これでもう確定——。

謙ちゃんと美緒は幼なじみだけど、それだけじゃない。

『確かに謙ちゃんは素敵な人よ、だけどただの幼なじみ』

母の言葉を鵜呑《うの》みにして、先生の一方的な片想《かたおも》いだったんだって信じたかったけど、そうじゃない。

だって、彼の誕生日をパスワードに設定するなんて、トクベツな『好き』以外にどんな理由があるっていうの……！

それを裏付けるように、受信ボックスにはメインフォルダの他に、もう一つトクベツなフォルダがあった。

〈謙ちゃん♥〉なんて名付けられた、彼専用のフォルダ。

その中には、鍵マークで保護された謙ちゃんからのメールがたくさん残されていた。

どれも一言二言《ひとことふたこと》だけの、一見ぶっきらぼうにも思えるメール。

だけどそれは、『美緒』への愛に溢れたものだった。

彼女の誕生日になった瞬間、零時ピッタリに送られたお祝いだったり、漱石《そうせき》にでもなったつもり？　『月が綺麗だ』なんて愛を詠《うた》うような満月の写真だったり。

彼の想いを知ってる私から見れば、妬《や》けちゃうほどのラブメール。

だけど不器用な愛は、肝心の母には届かなかったみたい。

鍵マークで保護するくらいだから、嬉しかったんだとは思う。

だけど――。

それにしてもケータイのメールって、メッセージアプリと違って履歴が追いにくいのね。

それにそっか、保護されてないメールは古いものから消えちゃうみたい。

送信フォルダには新しめの履歴しか残ってなくて、件《くだん》のラブメールへの返信は見当たらなかった。

それに、ケータイから最後に送られたメールは謙ちゃんではなく、友達に宛てたもので――

それでも、『美緒』の真意を窺《うかが》い知るには、その一通で充分だった。

〈謙ちゃんのことは、もういいの。

結局、幼なじみとしか思われてなかったみたいだし……。

今はまだつらいけど、諦めようって心を決めたの。

これからケータイの機種変にいくとこ!

このケータイはほら、思い出が多すぎるから……〉

ああ、やっぱり……。

謙ちゃんの一方的な片想いなんかじゃなかった――。

当事者同士は知らない秘密に触れてしまって、足元がグラつくような眩暈《めまい》に襲われた。

いろんな思いが渦を巻いて、いても立ってもいられなくなって――

そうして今、彼を揺さぶるためにクラスメイトと疑似デートだなんて、ばかげたことをしている。

「ケータイを覗いて、わかっちゃったんです。彼には想いを寄せる幼なじみがいたんですけど、叶《かな》わなかったその恋は、だけどタイミング次第では成就していたかもしれなくて――」

ハートのカップに残るカフェラテを見つめながら、朝山君に告げる。

「こういうのをボタンの掛け違いっていうんですかね、本人は気付いてないけど、限りなく実りかけていた恋なんです……」

二人とも気付いてないけど、当時は間違いなく両想い――。

きっと幼なじみ以上、恋人未満のじれったい関係が続いていたのね。

だからこそ彼は今でも過去に囚《とら》われて、私のことなんて眼中にはなくて……。

「朝山君、以前言ってたでしょう？　紗綾《さあや》先輩と城《じょうしょう》将先輩のこと、幼なじみだからこその思い出とか絆《きずな》があるって……。本当にその通りだと思います」

いくら瓜《うり》二つでも、ホンモノの思い出を共有できない私じゃ『美緒』の代わりになんて、とてもなれない――。

「私なんて御呼《およ》びじゃなくて……諦めなきゃって思うのに、彼への想いを止めることができないんです。今日もこうして朝山君にまで協力してもらって……自分でもばかだなって思うの……あんな写真見せたところで、どうせまた酷《ひど》いこと言われるだけなのに……」

そうよ、彼は嫉妬《しっと》なんてしてくれない。

『くだらねぇことやってんなよ、これだからガキは……』

そんな無情な拒絶で、打ちのめされるだけ——。

「だけど……彼は冷たいのに、やっぱり優しいの……。この前だって『恋は遊び』だとか『お前みてぇなガキは面倒くさい』だなんて酷いことばかり言って、だけどそれは私のためで……」

だって『美緒』にしか本気になれないにしたって、『恋は遊び』だなんて本気で思ってるなら、
言葉巧《たく》みに私の気持ちを利用して、遊べるだけ遊んで使い捨てちゃうことだってできるのに……。

それなのに、彼はそうしない。

わざと幻滅させるようなことばかり言って、私を遠ざけるの。

私のことを、想ってはくれない。

なのに、思ってはくれるの。本当にずるい人——。

いっそ彼が本当にダメな大人なら……。

私の純情を食い物にするようなクズなら、諦めもつくのに……。

ハートのカップに視線を落とすと、カフェラテの泡はもうすっかり溶けていた。

ああ、それなのに――。

先生のウソは……残酷《ざんこく》な誠意は、冷たいのにふわりと優しくて、私の心にしんしんと降り積もる。

諦めるしかないのに、とんだ矛盾ね。

底冷えするような熱が静かに広がって、
ねぇ、どうしたらいいの。

この胸を震わせているのは、そう。

いつまでも溶けてくれない、雪のような恋――。

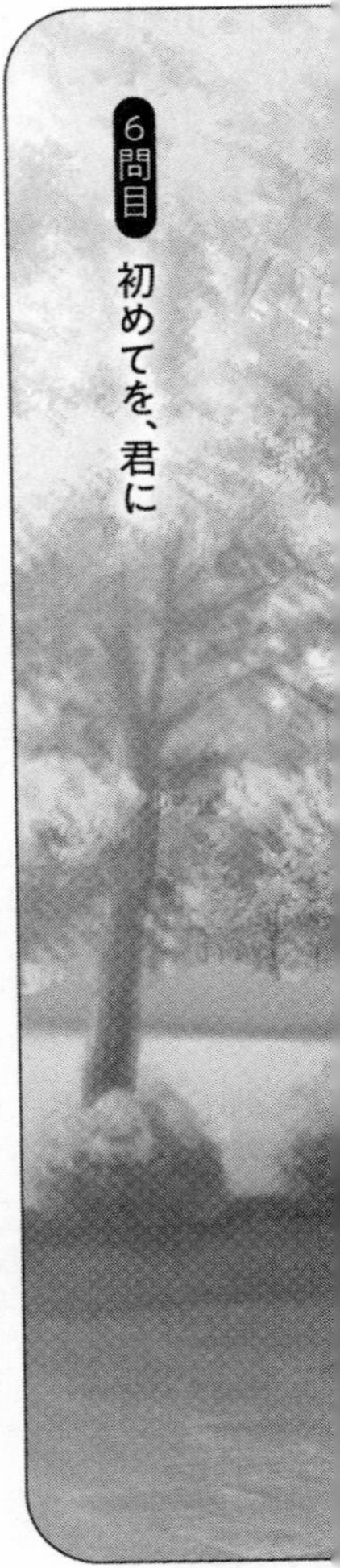

6問目　初めてを、君に

「だけど……彼は冷たいのに、やっぱり優しいの……。この前だって『恋は遊び』だとか『お前みてぇなガキは面倒くさい』だなんて酷《ひど》いことばかり言って、だけどそれは私のためで……」

璃子《りこ》はそう言って、思い詰めたように黙り込んでしまった。

彼女の想《おも》い人には会ったこともないし、こんなこと言うのもなんだけど……

「いつも酷いこと言って、しかもそれが橙寺《だいだいじ》のためだなんて言い張る男、普通にクズじゃないかな⁉」

心配になった真守《まもる》は、思わずツッコんでしまう。

いつも酷くて、なのに優しいって、テレビとかでよく問題になってるＤＶ男のやり口だよ、その先輩、ちょっとヤンチャどころか最悪じゃん……！

「だだだ、橙寺、その人にその……暴力とかは振るわれてないんだよね⁉　け、怪我《けが》とかしてない……⁉」

大真面目《まじめ》な顔で聞くと、ぷるぷると小刻みに肩を振るわせた彼女は、

「ぷっ……あはは……！」

先ほどまでの深刻さから一変。可笑《おか》しそうに吹き出し、目尻《めじり》の涙を拭《ぬぐ》った。

「ご心配ありがとうございます。でも大丈夫なんです、手を上げられたことなんて一度だって
ありませんから」

そ、そうなの⁉　でもさ、言葉も暴力だからね、つらかったら我慢しないで⁉

そうは思うものの、どんなに酷いこと言われても嫌いになれないから困ってるんだよなぁ、
橙寺は……。

とはいえ、どうしよう。

想い人に関しては暴走しがちな彼女を放っておくこともできないし――。

「明日の文化祭が最後のチャンス……なんだよね？」

「ええ、明日の告タコで私はきっと、これまで以上に冷たい言葉で、完膚《かんぷ》なきまでにフラれて
しまうでしょうから」

「そ、そこまで酷いの……？」

「ええ。息もできないほどの吹雪《ふぶき》に閉じ込められてしまうかも――」

切なげな眼差《まなざ》しは、けれど揺るぎない決意に満ちていた。

たとえ氷漬けになって、砕け散ろうともかまわない。

悲壮感すら漂う彼女の瞳《ひとみ》からは、とても静かな、だけど身を焦《こ》がすような白い情熱が痛い

ほど伝わってきて――

「もうやめにしようか、この疑似デート」

「どうして……？」

璃子の綺麗《きれい》な眉《まゆ》が、キュッと歪《ゆが》んだ。

「いいんですか、もっと練習しなくて。余裕に満ちたオトナな姿、先輩に見せたかったんじゃ……」

「そりゃまぁ、そうできたらよかったんだろうけど……」

「私の力不足ですか？　子どもっぽい私じゃ、練習台にもならないって……」

「違うよ、そんなんじゃない。それに……子どもなのは俺《おれ》の方なんだ。さっきからずっと、紗綾《さあや》先輩のことばかり考えて……」

「先輩との本番を見据えての練習ですもの、それは自然なことでは？」

「うーん、ちょっと違うんだ。なんていうか、先輩抜きで進んでいく経験が寂《さび》しくて……」

「寂しい……？」

「や、練習だから先輩抜きなのは当然なんだけど、それでも思っちゃうんだ。『ああ今の、先輩だったらどうしてたかな、先輩がここにいたらな……』って――」

練習とはいえ、女の子と初めて腕を組んだり、ツーショットしたり……。

トクベツに思っていたあれこれが、拍子抜けするほどあっけなく進んで、

え、こんなものなの……⁉

なんて、逆に戸惑ってしまった。

だって先輩と一緒のときは、些細《ささい》なことさえドキドキが止まらなくて、いつも心臓がパンクしそうで――。

彼女とならきっと、あっけないトクベツなんてありえない。

どんな平凡も、かけがえのない特別になったんだろうな……。

そんなことを思ったら、先輩抜きで重ねた『初めて』に、どうしようもない喪失感を覚えてしまって――。

手付かずのパフェを見つめながら、フッと苦笑する。

「さっきもさ、ドライアイスの煙なのに火事と間違えるなんて……今思い出しても恥ずかしいし、先輩に見られなくてよかったーって思う反面、残念でもあるんだ。もう先輩とは、このパフェを『初めて』目にしたときの気持ちは共有できないんだって――」

もし先輩とだったら、どうだったのかな。

やっぱり煙に驚いた俺は、笑われちゃったかな。

『あはは！　朝山《あさやま》クンってば、火事と間違えちゃったの～？　ダイジョブダイジョブ、全然燃えてないぞ？』

もしかしたら、思わせぶりな小悪魔ムーブ決められちゃったかも。

『あ、ごめんやっぱ燃えてた！　私のハート、君への想いで大火事だから♥』

あるいは、先輩も一緒にビックリして、二人して感動してたかもしれない。

『え〜、これドライアイスなの⁉　すっご〜〜い！』

想像するだけで楽しいのに、ああ……。

一足先に『初めて』を済ませてしまった俺は、このカフェじゃもうそんな特別な瞬間を先輩とは味わえないんだ、絶対に――。

「ですが、今日予習したぶんカッコよくエスコートできるのでは？　あらかじめ用意しておけば、城将《じょうしょう》先輩のような気の利《き》いた言葉で盛り上げることもできますし、紗綾先輩だって喜ぶんじゃ……」

「確かにすごく憧《あこが》れるよ、そういうオトナな感じ……」

カップル向きのお店にも動じずに、愛くるしい店内に興奮する先輩を余裕の表情で見守ったり……うん、そういうのもアリだとは思う。けど――

「俺って結局子どもなんだよなぁ。このパフェもさ、すごく美味《おい》しいけど寂しいよ、どんな味なのか先に知っちゃった……」

ようやく口にしたパフェは、アイスの中にまで仕掛けが隠れてた。

ひんやりと甘いクリームに混じって、これも含めて『恋のマジック』なのかな、甘く心地良い刺激が弾《はじ》け出す。

もし先輩がここにいたら、二人で顔を見合わせて、

『あ、パチパチキャンディだ……！』


なんて、正真正銘『初めて』の感動を共にできたのに……。

「オトナの男なら、そんなの気にせず予習に徹するんだろうけど、俺はまだまだ子どもで、どんな『初めて』も先輩と一緒がいいみたいだ。だからこそ、もう下手に練習するのはよそうかなって――」

ぶっつけ本番なんて、カッコよく決まらない予感しかないけど、
それでも『初めて』のドキドキやワクワクは、先輩に取っておきたいから――。

それにさ、先輩とここに来られたとして、よく考えたら俺、どんな顔すればいいんだ？

モクモクの白い煙は履修済み。心の内《うち》は冷静なのに、『初めて』を装って驚いてみせるの？

『先輩見てください、煙が魔法みたいですよ〜〜！』って……？

いくら余裕を気取れても、そんな感情の伴《ともな》わないセリフ、俺の先輩への想いまでニセモノになっちゃいそうだ。

彼女の前ではいつだって、正真正銘の『本気』でいたい。

「そもそも、ずっと後ろめたいってのもどうかと思うんだ。俺さ、先輩のための練習とはいえ他の女の子と出かけること、やっぱ気が咎《とが》めちゃって……」

付き合ってもないくせに重いとか、やっぱり子どもねって笑われるかもしれない。

だけど——。

「余裕み溢《あふ》れるオトナって、自分に自信がある人のことだと思うんだ。そういう男を目指すのに、後ろ暗いところなんかあっちゃダメだなって。それにごめん、目の前に橙寺がいるのに先輩のことばっか考えちゃうの、普通に失礼だったよなって……」

「そんな……私だって朝山君のこと利用してるんです、割り切ってくださっていいのに……」

逆に申し訳なさそうに言った璃子が、困ったように首を振った。

「朝山君、眩《まぶ》しすぎます。すごくまっすぐで——」

「だったらさ、橙寺もまっすぐにいかない？」

唐突な提案に、意図を摑《つか》めない璃子が「？」と首をひねる。

「その……想い人のこと。オトナな恋の駆け引きもいいけど、もう一度まっすぐ向き合ってみたらどうかな。最後のチャンスだからこそ、小細工ナシで真っ正面からぶつかってみるんだ。いや、橙寺の置かれてる状況とか知りもせずに勝手なこと言うなよって感じだとは思うよ⁉ けど……けどさ、俺たち初心者《ビギナー》には初心者のやり方があるっていうか、素直に伝えてみたら？ あなたと『初めて』したいんですって」

「そんなの、きっと瞬殺です。『ガキなんか御免だ、面倒くせぇ』って……」

「でも、橙寺も思ってたんじゃないかな？ 今日の待ち合わせも腕組みもカフェも……重ねた『初めて』が全部『彼』とだったらいいのにって――」

その靴まで完璧《かんぺき》なオシャレも、できることなら彼に直接見てほしかったんだよね、小細工たっぷりの写真でなんかじゃなくてさ……。

「そういう気持ち、隠さず全部ぶちまけちゃいなよ。それでも酷い仕打ちしか返してこないなら、それまでの男だよ。そんなやつに橙寺はもったいない」

たとえ気持ちに応《こた》えられないにしても、まっすぐな想いには、まっすぐ向き合ってほしいよな。

氷のように冷たい言葉じゃなくて――。

「もし粉々に打ち砕かれるようなことになっても、それは橙寺のせいじゃないよ。単にそいつに見る目がないだけ」

「ありがとうございます。ふふ、気休めでも嬉《うれ》しい――」

「気休めって、別に口先だけで言ってるわけじゃないよ⁉ だってさ、橙寺よく話してるだろ、恋はタイミングだって。俺は入学早々、紗綾先輩に恋しちゃったけど、もしそうじゃなかったら、今ごろ橙寺に夢中だったんじゃないかな⁉ そう思っちゃうくらい橙寺は魅力的だよ、だから自信持って……！」

「――朝山君、私のこと口説《くど》いてます？」

「へぁっ？ ややや、そういうわけではなく！ ややや、でも橙寺が魅力的だってのは本当で……！」

あああ、女の子を励ますの下手すぎか……！

「ふふ、さっきの言い方、限りなくアウトでしたよ？ 普通の女の子なら朝山君に恋しちゃって、明日は紗綾先輩を巻き込んだ修羅場《しゅらば》になってたかもしれません。一途《いちず》な私に感謝してくださいね」

クスリ。小首をかしげた璃子が、いたずらっぽく笑った。

「その笑顔はそれこそアウトだ。普通の男の子なら橙寺に恋しちゃって、明日は橙寺の想い人も交えた泥沼になってたんじゃないかな？ 一途な俺に感謝してほしい」

「んもぅ……。このパフェ食べ終わったら、大人しく帰りましょうか。修羅場も泥沼も困りますし」

「だね。明日は眩しさ全開で正面突破しなきゃだし、家でたっぷり充電しなくちゃ」

そんな冗談を交わした二人は、『課外授業』を軽《かろ》やかに放り投げたのだった。


そういえば、カフェを出たときにもまた『視線』を感じてしまった。

だけど、過敏になってるってわけでもなかったらしい。

というのも、私服なのに結局、学校指定の通学バッグ（校章入り！）を持ってきちゃったからかな、見知らぬご婦人に呼び止められたんだ。

『あら、あなたたち吾嶌《あしま》生？　明日文化祭でしょ、頑張《がんば》って……ってよく見たらニュースに出てた子じゃない！　ほら、アップアップ作戦……だったかしら？　作戦名は酷いけど良かったわよぉ、応援してるわ！』

相変わらずのネーミングいじりはありつつも、予期せぬ激励を受けてしまった。

『朝山君、すっかり有名人ですね。今日ずっと感じてた視線も有名税では？』

橙寺にはそう茶化《ちゃか》されてしまったけど、ありがたいことだよな。

七日星《なのかぼし》の件で、誰《だれ》かもわからない人に不本意な中傷を受けたりもしたけど、今日はこうして、誰かもわからない人にエールをもらって――。

うん、明日の文化祭、絶対成功させてみせる……！

意気込みも新たに帰宅したその夜、

「これでほんとに大丈夫かな……」

自室の机で、真守は一人頭を悩ませていた。

手にしているのはタコ形お守り——真守が一番最初に作ったものだ。

これで紗綾先輩に告タコしようって思ってたけど、
改めて見ると、やっぱり下手くそだよなぁ……。

本当にコレでいいのか、ちょっと不安になってきた。

城将先輩、すんごいクオリティのお守りで勝負に出そうだし……。

縫い目が綺麗なのはもちろん、乙女心をくすぐるギミック入れてきそうだよな。キラキラビーズ縫い付けちゃったりとか？

『ごらん綺麗だろう？　紗綾のために特別に作ったんだ。もっとも、君の美しさには負けるけどね』

とか余裕たっぷりに迫りそう……！

今からでも、もうちょっとマシなの作り直した方がいいかな……？

心がグラついたけど、いやいや先輩は先輩、俺は俺だろ。

不格好でも、格別な想いがこもった『初めて』のお守りだからこそ紗綾先輩に渡したいって、そう思ったんじゃないか！

気を取り直して、だけど神妙な顔になる。

肝心の中身——お守りに入れる手紙が白紙のままなのだ。

ううう、なんて書いたらいいんだ⁉

まっすぐに自分らしく……とはいえ、さすがに〈好きです〉だけじゃベタすぎるし……。

姫さまを思い浮かべながら、あれこれ頭を悩ませていたらスマホが鳴った。

わわわ、噂《うわさ》をすれば影って感じに絶妙なタイミング！

連絡をくれたのは紗綾先輩で、それもメッセージじゃなくて電話！

というか、ビデオ通話だ！　ななな、なんだろう……⁉

慌てて通話マークを押すと、先輩のキュートな顔がスマホ画面いっぱいに広がった。

「朝山クン、やほやほ～！」

にこやかに手を振った彼女は、お風呂《ふろ》上がりみたいだ。

しっとりとした濡《ぬ》れ髪で、肩にはタオルをかけている。

学校待機中も、文実《ぶんじつ》Tシャツと体操着のハーフパンツなんてレアな姿を見られたけど、今日のはさらにレア！　正真正銘の部屋着姿だ。

キャミソールの上から、ぬいぐるみみたいにモコモコのパーカーを羽織《はお》ってて、愛らしさの具現化みたいになってる。

それにそこ、先輩の部屋なのかな？　画面後方には、THE女子って感じの可愛《かわい》い小物が映り込んでいて、姫さまってばただでさえ可愛いのに、そんな可愛い部屋で可愛いカッコして寝てんの⁉

ああ、可愛いが飽和状態ですじゃ、冷房入れたら『可愛い』が結晶化して降ってきそうですぞ……！

画面中の可愛いに圧倒されながらも、ようやく第一声。

「せせせ、先輩どうしたんですか⁉　ビデオ通話なんて初めてだし、何か急用でも⁉」

「ん〜、用ってほどのことはないんだぁ。朝山クン、何してるかな〜と思って。ね、今大丈夫だった？」

「だだだ、大丈夫です！　大丈夫じゃなくても大丈夫になります……！」

「えー、なにそれぇ〜」

クスクスと笑った紗綾が、感慨深そうに言った。

「明日はいよいよ文化祭だね〜。七日星で一時はどうなることかと思ったけど、君のおかげだよ？　いろいろ制限が多い中、『これならできる、あれもできる！』ってまっすぐ引っ張ってくれて。ほんと、改めてありがとね」

「いやいや、タコ形お守りもペーパーチェーンダンスも、ちゃんと形になったのは先輩やみんなのおかげですし……！」

それに文実以外の生徒たちも、それぞれが『今できること』を頑張ってくれたしね。

学校待機の夜、エレキでハードなキラキラ星を演奏してくれたHARUTO先輩。

彼が所属する軽音部も七日星で生歌はNG——だけど、事前に収録した音源でエアライブを披露《ひろう》するみたいだ。

HARUTO先輩のキャラなら、『生歌じゃないなら意味ないっしょ、口パクなんか死んでもやんねぇ』とか怒っても不思議じゃないのに、

『口パク上等！　録音でも歌に込めた魂は消えねぇし、逆にロックだろ？』

なんて頼もしく笑っていた。

紗綾先輩もHARUTO先輩も三年生——明日が吾嵩生としては最後の文化祭だ。

〈咲き誇れ、青春！〉

文化祭のテーマ通り、最高の青春を咲かせたい……！

熱い思いを膨らませていると——

「くしゅっ……！」

スマホの向こうで、姫さまがなんとも愛らしいクシャミをした。

「先輩、大丈夫ですか？」

「へーきへーき！　なんか鼻がむずむずしちゃった」

「夜は結構冷えますし、通話切って早く髪を乾かした方がいいんじゃ……」

「え～、まだ全然話せてないのに～～！　紗綾ちゃん、もう少し君とお話ししてたいよぉ～～」

駄々《だだ》っ子みたいな彼女が、うにゅーと口を尖《とが》らせる。

や、そりゃ俺だって先輩と話していたいけど……。

「ダメですよ、湯冷めして風邪引いたらどうするんです？　明日の文化祭、先輩がお休みだなんて絶対にイヤですよ、俺」

「ふぅーん、そかそか。『絶対』まで付けちゃうほど、私のお休みがイヤなのかぁ～。君はさみしんぼだなぁ～」

ニヤニヤと目を細めた紗綾が、ふわっ――綿あめみたいに柔らかな笑みを浮かべる。

考えてみれば、マスクが日常化しちゃってる今、こんなに無防備な素顔が見られるのって、ある意味レアだし特別な感じがするよなぁ。

しかもお風呂上がりで、洗い立ての無垢《むく》な白肌。

少し火照《ほて》った頬《ほお》が、ちょっと色っぽくて――。

じいっと見入《みい》っていると、いたずらな瞳がキランと光った。

「ねね、スマホ越しならキスできちゃうね？　今度はマスクもいらない」

ああ――今日カフェでアクリル板を前に膨らませた妄想《もうそう》みたいだ。

だけど、今度はただの想像じゃない。

「朝山クン、もっとこっちに顔を寄せて？　ほらほらもっともっともっと……」

スマホ越しではあるけど確かに現実で、わわっ……！

スッと目を閉じた彼女の顔が、ゆっくりと近付いてくる。

ていうか前屈《まえかが》み気味になってるから、キャミソールから胸元《むなもと》が覗《のぞ》きそうなんですが……⁉

ええええ待って、先輩ってお風呂上がりは絶賛放牧中なんじゃなかったでしたっけ⁉

柵《さく》に入ってないってことは、チラリどころかポロリも有り得るわけでぇぇぇ○×※△☆⁉

「ね、朝山クンもちゃんと顔近付けてる？」

目を閉じたまま、紗綾が小首をかしげる。

「ややや、先輩、その体勢はいろいろと危険なのでスト～ップ……！」

「だーめ、次の停車駅――君のくちびるまで止まれませーん！」

魅惑の胸元と、それから先輩の美しい顔がどんどん近付いてくる。

艶《つや》やかなピンク色――形のいい、柔らかそうなくちびるが、
マスク越しじゃ拝めなかった、うるうるの果実が誘うように迫ってきて――

「ちょちょちょ、ちょっと待って、ほんとダメですって……！」

思わず大きく仰《の》け反《ぞ》る。と――

「わぁぁぁっ……！」

バランスを崩して、椅子ごと後ろに倒れてしまった。

天地がひっくり返っても、スマホは構えたまんま。

「いってぇ……」

一瞬閉じてしまった目を開くと――

まるで覆《おお》い被《かぶ》さるような角度。

画面の向こうから、艶《あで》やかな小悪魔が見下ろしていた。

真守に合わせて、わざと倒れ込むような姿勢を取ったらしい。

「ふふ、君のこと押し倒しちゃった。これって床ドン⁉　間接キスならぬ、間接押し倒しだね」

色香溢れるささやきが、鼓膜をジンと震わせる。

お風呂上がりの濡れ髪からは、ぽたり――。

瑞々《みずみず》しい雫《しずく》がこぼれ落ちて、

「明日、頑張ろうね。じゃ、おやすみ」

綿あめの声が、甘やかに響いた次の瞬間――

軽やかなキスが降ってきて――チュッ!

そこで通話が切れた。


「…………」

通話終了を告げる画面を見つめながら、時が止まったように動けない。
それなのに、胸の鼓動だけは騒がしくて、
心臓が二つに分裂しそうなくらいドキドキしている。
スマホ越しのキス――距離感的には、マスク越しに交わしたあのキスより遠いのに、
全身がビリビリと甘く痺《しび》れているのは、
椅子ごと倒れて打ち身になったせいじゃない。

――ああ、とんでもない『初めて』を奪われてしまった。


放心したように、天井《てんじょう》を見上げる。

まったくもう、本当に困った姫さまですじゃ、画面越しにもまんまと俺の恋を撃ち抜いて……。

なんだかやられっぱなしで悔しい――けれどもう、覚悟を決めてるんだ。

明日はそう、初めての告白。

それから――考えたくはないけど、初めての失恋ってのも有り得るよな……。

怖くないといえばウソになるけど、どんな『初めて』も全て捧《ささ》げるよ。

脳裏《のうり》に浮かぶのは、あの春の日にＢＡＮＧ――！

甘い銃弾を放った、小悪魔姫さまの姿だ。
恋はタイミングって、確かにそうかもな。
迷子なんて、狙《ねら》ってできるようなもんじゃないし、
もしあのとき数分でも違っていたら、二人は出会えてなかったかもしれない。
今も見知らぬ他人のまま、文化祭を迎えてたかもしれない。
彼女と出会えて、恋を撃ち抜かれたあのタイミング。
こういうのって、いわゆる『運命』ってやつじゃないかな。
夢見がちな子どもだって笑われるかもだけど、強くそう信じたいから——。
「よいしょっと」
立ち上がって倒れた椅子を起こし、再び机に向かう。
初めてのラブレター。
まっすぐな想いを、お守りに託すために——。

7問目　タイミングが邪魔をする

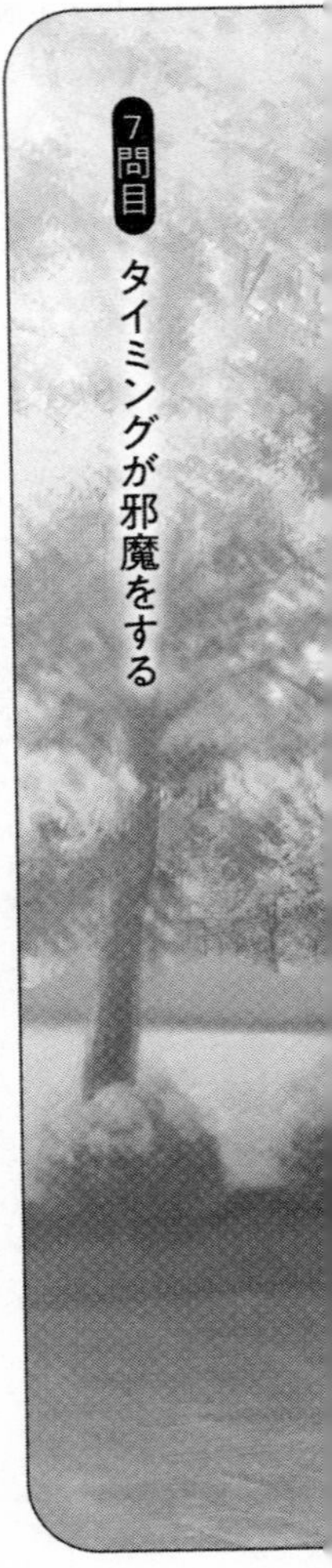

あ……れ、アラーム鳴ってる……?

自室の机でぼんやりと目を覚ました真守《まもる》は、朝を告げるスマホに驚く。

「ヤバっ、寝落ちした……!?」

机の上には、紗綾《さあや》先輩に渡す予定のタコ形お守りが。

あああ、まだ告白の手紙書けてないのに……!

昨日、先輩とのビデオ通話を終えてから『自分らしくまっすぐな言葉を!』ってずっと考えてたけど、俺《おれ》ってほんとセンスないんだなぁ……。

引くほど好き、とか、吐くほど好き、とかビミョーすぎる告白しか浮かばなくて、先にお風呂《ふろ》やなんかを済ませてから夜中まで考え込んでいたはずが——ああ、いつのまにか寝ちゃったみたいだ……。

文実《ぶんじつ》は朝から大忙し。いつもより早く行かなきゃなのに、これじゃ遅刻だ!

今日が告タコ本番だってのに、何やってんだ俺……。

呆《あき》れながらも超特急で支度《したく》、学校じゃ着替える時間がないと、早々に文実Tシャツを着て飛び出す。

大急ぎで向かった吾嶌《あしま》高校は、すっかり文化祭仕様だった。

校門前には、あ、これ俺も手伝ったやつ！

ペーパーフラワーで文字を模《かたど》った〈咲き誇れ、青春！〉の看板が。

カラフルな花形バルーンで飾られたアーチを抜けると、

「もぉ～朝山《あさやま》クンってばやっと来た～～」

受付のテントで準備していた紗綾が、不安と安堵《あんど》の入り混じった声で迎えた。

「来なかったらどうしようって思ったぞ？」

「す、すみません、ちょっと寝坊しちゃって……」

謝りつつも、視線は彼女に釘付《くぎづ》け。

ラブリーなタコのイラストが入った文実Tシャツに制服のスカート、腰にはジャージの上着を巻いてる姿が新鮮だし、カジュアルキュートですじゃ……！

それにあのTシャツ、学校待機以来だよな。

いろんなカラバリがある中で、俺と同じ水色――。

「ふふ、久々だね、おそろい中のおそろい♥」

「パンツは違いますけどね？」

学校待機中のやり取りを思い出して、冗談っぽく答える。

あ……なんかイイ雰囲気かも。

周りには他の生徒もいるけど、俺たちだけの秘密を共有してるような?

——と、なんだろう、刺すような視線を感じる。

まぁね、学校一の小悪魔アイドルと親しげに話してるわけだし、いつものアレか、男子たちからの嫉妬《しっと》……。

そう思ったけど、今日のはやけに鋭い。

嫉妬より濃いめの拒絶を感じるっていうか、あれ、女子たちまで眉《まゆ》をひそめてないか——?

違和感を覚えていると、

「朝山先輩、何やってんですか……!」

血相を変えた颯真《そうま》が、何かのビラを手に校舎の方から走ってきた。

「ちょっとこっちへ! これ見てください!」

テントから人目のない木陰《こかげ》へと真守を誘導した颯真が、手にしていたビラを差し出す。

何だろ、文化祭の宣伝かな……。

受け取って見てみると——

驚愕《きょうがく》するって、こういうことなんだと思う。

だってさ、ビラには文化祭の宣伝なんかじゃなくて俺のこと、それもゴシップ記事まがいの醜聞《しゅうぶん》が躍っていた。

〈アップアップ作戦考案の朝山真守、文化祭前日の呆れた乱れっぷり！〉

そんな見出しがデカデカと印字された下には、うわぁ、あのとき感じた視線は気のせいなんかじゃなかったんだ……。

昨日の疑似デート中に撮られたと思《おぼ》しき写真が晒《さら》されていて――

「ちょっ、よりによって橙寺《だいだいじ》と腕組んで歩いてるとこじゃん⁉」

しかも写真の下に〈このあと二人は人目を忍んでラブホテルへ〉とか書かれてるんですが⁉

「このビラ、学校中にばらまかれちゃってますよ？　ハレンチはやめてくださいってあれほど言ったのにこっちも……」

颯真が冷たい視線で指《さ》したのは、腕組み写真とは別の一枚――

カフェデートの様子を窓の外から写したものだ。

うわぁ、しかもこのシーン⁉

橙寺の想《おも》い人に見せるべく、二人でセルフィーしたときの写真だ。

女子高生を弄《もてあそ》ぶワルい男風に、彼女の肩を抱き寄せてるやつ……！

「ありえないですよ、こんなゲスな表情、人間がしていい顔じゃないです」

「や、これはただの演技！　橙寺に頼まれただけで、ハレンチとかそーゆーのじゃないから！

もちろんラブホの下見だってしてないし……！」

必死に弁解しつつ、「にしても誰《だれ》だよ、こんなデタラメなビラ撒《ま》いたの……」と困惑が止まらない。

さっき女子からも感じた冷たい視線って、まさかこれのせい——？

「先輩の評判を不当に落としたい輩《やから》がいるようですね。橙寺先輩の顔にはボカシが入ってますし、標的は朝山先輩一人かと」

「そんな……。俺、自分で言うのもなんだけど、冴《さ》えない地味な男だよ？　誰かの恨みを買うほど目立ったことなんて……」

「最近はアップアップ作戦で注目を浴びてますし、それを快く思わない連中もいるのでは？　もっとも、どの層からの攻撃かおおよその見当はついてますけど——」

「へ、ホントに⁉」

「たぶんですけど、涼海《すずみ》先輩のファン……というか信者？　ほら、ここの部分——」

颯真はそう言って、写真の下の方に添えられた文を指差す。

〈外道《げどう》な朝山は、他にもいろんな女に手を出してる。涼海紗綾**様**もその犠牲者の一人だ、許すまじ朝山！〉

うわぁ、先輩めっちゃ『様』付けされてるし、俺すんごい恨まれてるぅ～！

これは先輩のファン（それも過激派！）からの中傷で確定っぽい……。

「今日は文化祭ですし、涼海先輩に告タコしたいけど意気地《いくじ》がないか、勝ち目がないとみて朝山先輩を蹴《け》落とそうとした信者の仕業《しわざ》じゃないですか」

「ええぇ、他にもライバルはたくさんいそうなのに……」

「先輩、隙《すき》あらば涼海先輩とハレンチしてますし、なのに下見とはいえ他の女子と出かけるなんて、事情を知らない信者からしたら穏やかじゃないですよ。偶然目撃して嫉妬が暴走したってとこじゃないですか」

「ややや、確かに前よりは親しくなったけど、ハレンチはホント誤解だからね⁉」

「はいはい、今はそういうことにしておきますよ」

疑わしげに流した颯真は、だけど真剣な顔で言った。

「いずれにせよ、文化祭始まったら外部客も入ってきますし、さっさとビラ回収しないと面倒なことになりますよ。目に付いたやつは始末しましたけど、数が多すぎる……っと、僕はもう行きます。ステージの方、準備しないと……」

「う、うん、忙しい中、教えてくれてありがとう……！」

慌ただしく去っていく颯真に礼を言った真守は、それにしてもなんでこんなことに……と嘆息する。

とりあえず、ばらまかれてるビラを回収しなきゃだよな……。
っていうかこれ、紗綾先輩には絶対に見られちゃいけないやつだし……！
自分のファンがこんな暴挙に出たなんて知りたくないだろうし、ガセとはいえ俺、ゲス顔全開のハレンチ野郎になってるし……とか思ってたら、ひいいっ！

「悪い子はいねえがあああ～～」

綿あめの怨念《おんねん》めいた声を響かせた紗綾が、背後からビラを覗《のぞ》いていた。
しかもああ、ボカシが入ってるとはいえ、写真の相手が誰かわかったみたいだ。

「へえええ～、昨日私と別れた後、璃子《りこ》ちゃんと乱れたおデートしてたんだあああ」

「ややや、これはフェイクですぞ⁉　たっ、確かに橙寺とは出かけたけど、それには深～いワケがあって……！」
とはいえオトナな男になるために課外授業してたなんて言えないし、橙寺の事情だって明かせない。

「おっ、俺と橙寺はそーゆーんじゃなくて……や、いい友達ではあるけど恋愛感情は抜きのただの男女！　普通に男女の仲ってだけですからね⁉」

——ってあれ⁉　健全さをアピールするつもりが、とんでもなく不健全な意味になってる気がする……！

ヤバい、他の生徒たちもこっちを見てざわつき始めた。

〈うわー、恋愛感情抜きで男女の仲とかサイテー！〉

なんて視線が痛い……！

「いいいっ、今のは違うんです、ただの言い間違い？　みたいなもので……！」

テンパりすぎて、しどろもどろになっていると、

——スッ。

真守の手からビラを抜き取った紗綾が、みんなに聞こえるような声で言った。

「んも〜、こんなのガセに決まってるじゃ〜ん！　朝山クンがいろんな子に手を出すなんてありえないよ」

クスクスと笑い飛ばした彼女は、だけどまさかの爆弾をぶっ込む。

「だって朝山クン、私に夢中だもんね？」

ふぇえっ、こ、こんなときまで小悪魔トラップ発動か——⁉

試すような眼差《まなざ》し——姫さまが上目遣《うわめづか》いに見つめてくる。

〈ね、そうだよね？　ほらほら、言っちゃいなよ、私に夢中だって――〉

いたずらな瞳《ひとみ》にロックオンされて、全身からダラダラ汗が流れる。

なんなら目からも冷や汗が流れ出しそうだ。

だって、だってさ、こんなアウェーな視線の中、公然と『君に夢中さ☆』なんてこと、とても じゃないけど言えない……！

や、今日こそは先輩に告白しようとは思ってるよ⁉

けど、まだ手紙も書けてないし……っていうかマズい、家に告タコお守り忘れた……！

朝急いでたせいで、机の上に置きっぱなしのまんまだ……。

ハッと気付いて、絶望しそうになる。


ざわざわざわざわ。グサグサグサグサ。


ああ、いつも以上に刺すような視線が集まってる。

お守りも手紙もないのに、今ここで下手なこと言ったら――

もしそれで先輩に軽くあしらわれたら――

『やだぁ、朝山クンってば告白までセンスゼロ～。それに、本気にさせちゃってゴメンだけど私、他に好きな人いるんだぁ～』

なんてこと言われたら――。

やっぱムリムリ、この状況で告白なんてムリっ……！

「ややや、この状況でからかうのはさすがに勘弁してくだされ……！　お、俺はほら、先輩みたいに軽いノリでそーゆーこと言えちゃうキャラじゃないですし……」

我ながら情けない。完全に怯《ひる》んで飛び出た言葉に、

――あれ…………？

先輩が一瞬、ものすごく傷付いたような顔をした。

だけどすぐに笑顔で言った。

「そかそか、軽い感じに聞こえちゃってたかぁ～」

なのにああ……ガラス玉みたいな瞳が揺れてる。

マズい、俺、間違えたかもしれない――⁉

「す、すみません、今のは……」

「へーき、全然大丈夫……！」

強く言い切った紗綾が、ふるふると首を振る。

「なんかごめんね、このビラも私のせいみたいだし……朝山クンには迷惑かけてばかりだね……」

見覚えのある、どこか寂《さび》しげな笑顔。


——ああ、俺は何か大切なことを見落としている気がする……。


いったい何だ、何を見落としてる——？

答えを探して固まっていると、紗綾はケロッと切り替える。

「さーてと！　冗談はさておき、このビラ作った人、勘違いで暴走しちゃってるね？　だってこの写真、クラス展示で上映するドラマのワンシーンでしょ？　朝山クン言ってたじゃん、昨日急きょ追加で撮影したけど、結局カットになったって」

えええ、何の話……⁉

当惑していると、紗綾がパチッと目配せする。

そっか、話を合わせろってこと……。

気付いて、とっさに取り繕う。

「そそそう、実はそうなんだよね……！」

「だよねだよねー。なのに参っちゃうね、とんだガセネタ書かれちゃって。こんなビラ、誰が撒いたんだろぉ？」

少し大げさに肩をすくめた紗綾は、

「もしかして、私が朝山クンに遊ばれてるとか心配してくれた人？　でもさ、勝手な憶測で人を陥《おとしい》れるようなことされても嬉《うれ》しくないし、ただただ悲しーよ。それに、こんな卑怯《ひきょう》なコトして自分の格を下げるようなマネもしてほしくな～～い！」

どこかで様子を窺《うかが》っているであろう犯人《ファン》に向けて「めっ！」とお説教する。

これ以上ガセネタを広げるなって、先輩なりに釘《くぎ》を刺しているのだろう。

「そういうわけだから、みんなにもこんなデマ忘れてほしーし、もしビラ見かけたら捨てちゃってほしーぞ？　今日は待ちに待った文化祭、晴れやかな気分でいこ～～！」

ざわついていた周囲の生徒にも明るく訴えた紗綾は、

「それに朝山クンと私、ただの先輩後輩だからね？　変に勘繰《かんぐ》って、朝山クンのこと攻撃しないよーに。本人が困るほど見つめちゃうのもダメだぞ？」

なんて、さらに補足で続ける。と――

「なーんだ、あの二人やっぱり付き合ってないんじゃん」

「そりゃそーでしょ、涼海さんとあいつじゃ釣り合わねぇって」

「つーかあの写真、クラス展示のドラマだって。ったく、人騒がせなビラだなぁ～」

冷たかった視線が徐々に和《やわ》らいでいく。

よかった、先輩のおかげで丸く収まりそう……。

安堵すべきところなのに――


『朝山クンと私、ただの先輩後輩だから』


俺を庇《かば》ってくれた言葉が、だけど猛烈に刺さる。

彼女に突き放されてしまったような気がして――。

「あの……ありがとうございます……。それからその……さっきはすみません、俺、何か先輩の気に障るようなこと……」

「全然大丈夫……！」

弾むような声。紗綾はニッと目を細めて言った。

「こっちこそごめんね？　朝山クンのこと、いちいちからかうようなことして。ほんと反省してるし、安心して？　もうそーゆーの、やめにするから」

ああ、まただ……。

清々《すがすが》しいほどの笑顔で、思いっきり突き放された。

どうしよう、苦しくて息ができない。

不意に吹いた風は、冬を先取りしたように冷たくて、全身どころか、胸の奥まで悴《かじか》んでいく。

呆然《ぼうぜん》と立ち尽くしていると、

「紗綾！」

憎らしいほどの優男――城将勝矢《じょうしょうかつや》が颯爽《さっそう》と割り込んできた。

どこか軽蔑《けいべつ》するような目で真守を一瞥《いちべつ》した彼は、優しい声で紗綾を促《うなが》す。

「行こう、もう文化祭が始まる」

「カッちゃん……」

ほっとしたように頷《うなず》いた紗綾が真守に背を向け、城将と歩き出す。

せ、先輩、待って……！

追いかけようとしたのに――

「おい朝山、これどういうことだ？」

泣きたいくらいバッドなタイミング。

例のビラを手にした藤崎《ふじさき》が行く手を阻《はば》んだ。

「ここじゃ目立ちすぎる」

真守を人気《ひとけ》のない校舎裏へと連行した藤崎は、ボサボサ頭をわしゃわしゃと面倒くさそうにかく。

「ったく、こんなモンばらまかれやがって……。もし校長とか校長とか校長の耳に入ったらどうすんだよ、今日はマスコミだって来んのによぉ」

「す、すみません……。けどそれ、ほぼほぼガセネタで……」

文化祭前日に疑似デートなんて、今思うと軽率なとこはあったかもだけど、変なトコ行ったり、橙寺にゲスなこととかは断じてしてないよ……!?

必死に弁明すると、

「お前ならまぁ、そうなんだろうけどさぁ～」

藤崎がハァと額を押さえる。

「ビラは見つけしだい即回収ってことで文実のみんなには動いてもらってる──けど大丈夫か？　こんなビラ作られるとか、相当恨まれてんぞ？　見ろよこの顔、ゲスの権化《ごんげ》みてぇに酷《ひど》い合成されて……いくらなんでもこれはないよなぁ」

思いっきり同情されてしまったけど先生、その顔は自前です……。

「たぶん……もう大丈夫だと思います。紗綾せ……涼海先輩が穏便に牽制《けんせい》してくれて、だからこれ以上の騒ぎにはならない気がするっていうか……」

「それにしては浮かない顔してんな、涼海となんかあったか？」

「それが……俺、先輩に見放されちゃったみたいで……」

「なんだそりゃ……。つーか、涼海に気があるならなんで橙寺とデートしたんだ？　ラブホだの、いろんな女に手を出してるってのはガセとしても、二人で出かけたのは事実なんだろ？」

藤崎がビラの写真を怪訝《けげん》そうに見つめる。

「これって昨日か？　放課後なのにわざわざ私服で……ってやっぱり制服じゃ入れないようなトコロに……!?」

「ちちち、違います！　その……橙寺が協力してくれたんです、女性に慣れる練習的な……？　俺、先輩の前だと妙に照れちゃって……。あーあ、なんで欧米育ちじゃないんだろ……」

大きく肩を落とした真守は、つい泣き言をこぼす。

「あっちは愛情表現がハンパないっていうし、そーゆーとこで育ってたら俺だって『可愛《かわい》い』とか『好きだ』とか、挨拶《あいさつ》みたいにポンポン言えたのに……」

そしたら、さっきだって——。

後悔に耐えきれず現実逃避していると、藤崎がフッと苦笑した。

「そりゃ欧米育ちに対する偏見だって。そんなこと言うやつはなぁ、たとえ欧米で育ったって、ただただ口下手な欧米育ちになってたさ」

「う、確かに……」

「まぁそうヘコむなって。朝山、学校待機中は頑張《がんば》ってたじゃねーか。涼海のために救急グッズ持ってったり、文実のピンチを救ったり、あの勢いはどうしたよ」

「あのときは先輩の力になりたいって、その一心で……。非常事態だったし、照れて躊躇《ちゅうちょ》してる場合じゃなかったっていうか……」

基本班行動だから、俺と先輩が一緒でも妙な目で見られることはなかったし……。

「でも普通の生活に戻ったら、先輩に不釣り合いな俺は悪目立ちしちゃって……。みんなの視線が痛いっていうか、どんどん自信を削《そ》がれちゃって……」

さっきもアウェーな空気に呑《の》まれて、あんなこと……。

自分らしくまっすぐにって決めたのに、なにやってんだ俺……。

「誰もが認めるような男って、どうやったらなれるんですかね……」

「お前なぁ、他の誰かのことなんかどうだっていいだろ」

「え……」

「朝山が向き合わなきゃいけないのは『誰か』じゃなく涼海だろ。みんなの視線に自信喪失《そうしつ》だぁ？　笑わせんな、自分が涼海を想う気持ちにも自信が持てねぇのかよ。お前の想いってのはその程度のもんか？」

「そ、そんなことないです！　俺は心から先輩のことが――」

ああ、そうだ……。

この気持ちに嘘《うそ》なんかなくて、だから伝えたくて、なのに――。

みんなの前で下手なこと言ったら、バカにされるかもって――？

俺が好きな先輩は、小悪魔だけど誰よりも気遣いのできる人で、

『だって朝山クン、私に夢中だもんね？』


もしあのとき、拙《つたな》すぎる言葉で愛を伝えても、
それをバカにしたり、軽くあしらったりするような人じゃない。

俺の気持ちに応《こた》えられないとしても、誠実に向き合ってくれる人だって、
ちゃんとわかっていたのに――。

カッコ悪い俺を見られたくないって、人の目ばかりを気にして、
ああ、俺は何を守ろうとしてたんだ――？

照れだけじゃない、視線に負けて保身に走って、挙げ句彼女を傷付けて……。

俺が向き合うべきは、周りの『誰か』なんかじゃない、紗綾先輩一人だったのに……。

胸をよぎるのは、やけに寂しげな彼女の笑顔だ。

明るく笑ってるのに、ガラス玉みたいな瞳が儚《はかな》げで――。

やっぱり俺、何か大事なこと見落としてるんじゃ……。

「ダメで元々、本音でぶつかってみたらどうだ？　見ろよ、いい天気だ。お天道《てんと》様も味方してるぜ？　当たって砕けてもいい思い出になるって」

フッと笑った藤崎が、青空に向けてぐーっと伸びをする。

「先生、砕ける前提で話すのやめてもらえませんかね……」

「いいじゃねーか、ちゃんと砕けた方が傷は浅かったりするもんさ。できるうちに青春しとかねーとほら、こじらせてこんな残念な大人になるぞ？」

自嘲《じちょう》ぎみに肩をすくめた藤崎が「……って誰が残念な大人だよ！」とセルフツッコミを入れる。

ダルダルでヨレヨレ。青春時代から恋愛には縁遠そうな先生だけど、彼なりのエールだろうか。

「どんなに想ったところで、言葉にしなきゃ届かねぇぞ？　七日星《なのかぼし》でマスクなんて余計なもん挟んでんだ、気持ちくらいはストレートに伝えとけ！」

そこまで言った彼は、

「それはそうと朝山――」

「はい……？」

「お前、本当に橙寺とは何もなかったんだよなぁ」

先ほどまでのゆるっとした態度から一変、『ちょっとでも変なコトしてたらぶっ殺す！』的な圧と凄《すご》みを感じる。

腐っても教師、生徒指導には意外と熱いタイプなのかも⁉

「や、ほんとに不健全なことは何も……！　あ、でも――」

「でも……？」

言えない……。もし七日星がなかったら、橙寺は体液絡《から》みまくりなオトナの経験まで積もうとしてたかも……なんて言えない！

「その……橙寺も恋に悩んでるみたいで……。元はと言えば、デートの練習も彼女の提案なんです。想い人に子ども扱いされたの気にしてて、オトナになりたいから経験を積みたいって……」

優等生の意外な一面に驚いているらしい。「マジか……」と藤崎の表情が曇る。

「や、悪いのは橙寺じゃなくて、彼女の想い人の方で……！」

橙寺が想いを寄せる、ヤンチャでワルな先輩。

怒らせると怖い人みたいだけど、橙寺、大丈夫かな……。

今日まっすぐにぶつかって、それで修羅場《しゅらば》じみた言い合いになったら――？

昨日は普通に応援しちゃったけど、よく考えたらかなりヤバい事態になるんじゃ……？

もし何かあっても、俺じゃ太刀《たち》打《う》ちできなさそうだし……。

ここは先生の力を借りた方がいいのかも……？

胸騒《むなさわ》ぎを覚えて、それとなく助けを求める。

「橙寺の好きな人、この学校の先輩らしいんですけど、あまり素行がよくないみたいで……」

「へ、へぇ……そ、そうか……橙寺のやつ、随分と難儀な相手に恋したもんだなぁ……」

なんだろう……先生、急に歯切れが悪くなったような？

「その先輩、ヤンチャでワルな上にモラハラ気質でもあって、橙寺に酷いことばかり言う最低男なんです。そんなやつに告タコするなんて正直どうかしてるって思うけど、恋は盲目って言うし、橙寺の気持ちも尊重したいし……なので先生、もし彼女が大変な目に遭いそうになったら、教師の権限フルに使って助け出してほしいっていうか……って先生？　俺の話、ちゃんと聞いてます……？」

「あ、ああ……聞いてるぞ？　もうな、聞きすぎて耳から涙ってか血が噴き出そうな勢いだぞ、ハハ……」

だらだらだら――マスク水浸《みずびた》しになるんじゃ⁉　ってほど汗をかいた藤崎が、上擦《うわず》り声で言った。

「しっ、心配すんな、橙寺の件はおおお、俺がなんとかするから……な？」

「絶対ですよ？　その先輩、絵に描いたようなクズなんです。なんかもう女の敵《てき》っていうか人類の敵ですよ、性根が腐りきったゲス・オブ・ゲス……！」

「お、おう、わかった……。それはそうと朝山――お前の評価下げとくな？　なんか無性《むしょう》に腹立ってきたわ」

えええ、なんで⁉

理不尽な展開に、ポカンとするばかりの真守だった。


そうこうしているうちに、ついに文化祭がスタート。

文実の受付班である真守は、外部客の誘導に追われていた。

「七日星対策のため、間隔を空けて並んでください！」

「そちらで消毒と検温のご協力をお願いします！」

「パンフレットはこちらから一部ずつどうぞ！」

拡声器を手に、同じセリフをセットで何度も繰り返す。

だけど、そんな中でも頭をループするのは、紗綾先輩の寂しげな笑顔だ。

このままじゃいけない、先輩とちゃんと向き合いたい……！

そんな思いから、文化祭が始まる前、彼女にメッセージを送っていた。

〈空き時間、よかったら一緒に回りませんか？　いろいろ話したいこともあるし……〉

だけど、返事はまだない。いわゆる既読スルーってやつ。

忙しいんだよな、きっと……。

そう信じたい反面、返事を拒むほど俺がイヤになったんじゃ――？

そんな不安に、押し潰《つぶ》されそうになる。

紗綾先輩はお守り班だから、今は向こうの屋台で接客中だ。

混雑を避けるべく、今年は整理券制を導入。

動線も工夫したから、トラブルもなく順調に進んでるみたいだ。

ついさっきも、文実のグループメッセージには、

〈タコ形お守り、ちゃんと喜んでもらえてる～！　かなりいいペースで売れてるし、クレームもゼロだよ！〉

なんて、紗綾先輩からみんなへの報告が来ていた。

それなのに――。

外部客の流れが途切れたところで、スマホをチェックする。

「やっぱりコッチは返信ナシか……。グループメッセージの方は小まめにリアクションしてるのになぁ……」

――と、スマホがメッセージ通知に震えた。

もしかして先輩……？

一瞬期待するも、届いたのは橙寺からの巡回報告だった。

というのも――

『すみません、私が変なことお願いしちゃったせいで……』

例のビラ騒動の責任を感じてしまった彼女は、文実メンバー総出でビラを回収した後も校内の見回りをしていた。

〈こちらは今のところ異常なし……ですが、朝山君の方は大丈夫ですか？　誰かに嫌なことを言われたりとか……〉

彼女からの不安げなメッセージに、

〈こっちも問題ナシ！　紗綾先輩が釘を刺してくれたおかげかな、もう解決ってことで大丈夫だと思うよ〉

と明るく返す。

〈ですが……その紗綾先輩によからぬ誤解をされてしまったのでは？
本当にごめんなさい。私からも、後で事情を説明しておきますね！〉

橙寺ってやっぱいい子だよなぁ……。
想い人に関しては暴走しがちなとこもあるけど、聖母さまみたいな慈悲深さだ。
悪いのはビラを撒いたやつなのに……。
彼女の気遣いに心打たれていると――

〈それはそうと今回の犯人、どんな手で潰しましょうか？〉

聖母らしからぬ、とんでもないメッセージが来て驚く。

〈名誉毀損《きそん》や侮辱《ぶじょく》罪で徹底的に追い詰めます？〉

〈それとも、裏ルートで葬《ほうむ》りましょうか？〉

〈ふふ、橙寺家の力で如何様《いかよう》にもできますよ〉

〈私の大切なお友達に牙《きば》を剝《む》いた報い、きっちり受けていただきませんと〉

ひぃぃ、不穏なメッセージがポンポン飛んでくるのですじゃ！
たたた、他国の姫さま落ち着いてくだされ～～！

〈き、気持ちはありがたいんだけど、みんなのおかげ

でビラは全部回収できたし、様子見ってことで……〉

〈もしまた変なコト仕掛けてくるようなら、そのとき
また考えよう!?〉

さすがにアウトローはマズいと、できるだけ穏便に返しておいた。
ていうか橙寺、怒らせるとめちゃめちゃヤバいタイプだ……!
今日の告タコ、いろいろこじれて警察沙汰《ざた》になりませんように……。
ああ、エビサキ先生、マジでフォローお願いしますじゃぁぁぁ……!
って人の心配できる立場でもないけど……。
紗綾先輩からの返信は一向にないし——。
このまま待ってたんじゃダメかも……。
もうすぐ受付班交代だし、あとで先輩のところに行ってみよう。
決意した真守は、交代時間になるやいなや、タコ形お守りの屋台へ向かう。と——
おそろいの水色Tシャツ——整理券の束を手にした紗綾が、屋台の前に立っていた。

〈〈あ――〉〉

お互いの目が確かに合って、それなのに――

フイッ。

不自然にそらされた、琥珀《こはく》色の瞳――。

「……紗綾……せんぱい……?」

恐る恐るかけた言葉も、まるで聞こえないそぶり。

ちょうど来た他のメンバーに整理券を託した彼女は、逃げるように屋台の中へと引っ込む。

ま、待って……!

追いかけようとしたところで、

「朝山さぁ～～ん!」

ウサギ先生が、校舎の方からパタパタと駆けてきた。

「マスコミのみなさんがインタビューしたいそうですぅ。職員室までちょっといいですかぁぁ?」

ううう、今日はタイミングが悪すぎる……。

その後、新聞社にテレビ局にネットニュース、それから中学校の新聞部に、ご近所の回覧板

まで⁉

立て続けにいろんな媒体からの取材を受けた真守は、今度こそ紗綾先輩の元に……と大急ぎで屋台に向かう。

だけどここでも――

「紗綾先輩？　クラス展示の方に行きましたけど……」

そっか……じゃあ先輩のクラスに――

「ん？　涼海ならさっき、ステージの様子を見に行ったが……」

そっか……じゃあステージの方に――

「涼海先輩なら、さっきお守りの屋台に向かいましたけど……」

ぬぉぉぉ、振り出しに戻るっ……！

慌てて戻ったけど、屋台に彼女の姿はなくて、

「すみません、ミス研のブースってどこですか？」

お客さんに道を聞かれてしまった。

そっか、文実Tシャツってスタッフ感全開だもんなぁ……。

その後も、自由時間なのに容赦なく呼び止められてしまう。

道案内なら全然いいんだけど、こんなときに限ってホントなんなの⁉

「あのぉ～美術部と華道部、どっちから見るべきだと思いますぅ？　まずは美術部って決めて

たのに急に華道部が気になって、でもやっぱり最初は美術部な気もしててぇ、風水的にどっちとかあります～？」

「ちょっとスタッフさん、謎《なぞ》解きコーナーの謎が解けないいんですけど⁉ まさか僕って謎解きの才能ないいんですかね、謎解きの謎が解けない謎、一緒に考えてくれませんかねぇぇ？」

「ややあそこの君、クジラとイルカの違いを知っているかな？ 実は大きさが違うだけで同じ種類なんだ。ちなみに干支《えと》の猪《いのしし》、日本以外じゃ他の動物なんだが、その話も聞いていくかい？」

えーと、俺はいったい何を聞かされてるんだ……？

ツッコミが追いつかないほど、キャラ濃すぎなお客さんに足止めされてしまう。

ていうか最後の人、文化祭関係ないよね、ただただ豆知識披露《ひろう》しにきただけだよね⁉

恋はタイミングっていうか、今日はタイミングの方が全力で俺の恋を邪魔してる気がする……。

その後も厄介《やっかい》なお客さんに振り回されたり、トラブル発生でステージ班のヘルプに向かったりと、先輩と話す機会を奪われっぱなしのまま――

――ヴッ！

ポケットのスマホが震えた。

すぐさま確認すると、文実のグループメッセージだった。

〈タコ形お守り、一三〇〇個完売しました〜〜！〉

わ、ほんとに⁉

嬉しい報告に飛び跳ねそうになってしまったけど、ん――？

まだ昼過ぎなのに売り切れなんて、さすがに早くない？　……とスマホの時計を見ると、ええ、もう余裕で夕方じゃん……！

慌ただしくしてるうちに、無情にも時は過ぎ――

先輩と一緒に文化祭を回るはずが、ああ……。

タイミングの神様に見放されたまま、本祭が終わろうとしていた。

「あーあ、本祭終わっちゃった……」

中庭のベンチに一人腰掛けていた紗綾は、夕暮れを見上げてハァと嘆息する。

静かだなぁ……。

外部のお客さんは帰ったあとだし、みんなはキャンプファイヤーに備えてグラウンドに向かっちゃったし、今日が文化祭だったなんてウソみたい……。

感慨にひたっていると、待ち人の璃子ちゃんがやって来た。

「すみません、もうすぐ後夜祭なのにお呼び立てして……」

神妙な顔で私の前に立つ彼女は、まるで叱《しか》られにきた子どもみたいだ。

「話ってなぁに？　ひょっとして朝のビラのことだったり」

「は、はい……あの写真、朝山君は悪くないんです。二人で出かけたのも正規のデートではなく、私が強引にお願いしただけで……あ、そのときの録音もあって……！」

スマホを取り出した彼女が、「ええと……ちょっと待ってくださいね」と何やら画面操作を始める。

「いーのいーの、何か事情があったんでしょ？　璃子ちゃん、確か他に好きな人いるんだもんね？　大丈夫だよ、私全然気にしてないしぃ」

ふふっと余裕の先輩顔で両手を振る。

そりゃあね、朝山クンが私以外の女の子と出かけたのはまぁちょっと……いやかなり、いやいやものすご～～くイヤなんですけど⁉

はい、全然気にしてないなんて大ウソで～～す！

紗綾ちゃん、本当はかなーり気にしちゃってるぞ～～？

だってさ、正規のデートじゃないって何⁉　しかも録音まであるって、何それ議事録？　そんなの正規中の正規！　超公式のおデートしちゃってんじゃん！

てゆーか、正規だろうが非正規だろうが、朝山クンとのお出かけは全部私のだもん～～！

……って紗綾ちゃん、まだ一回もおデートしてもらえてないんだけどね、てへっ！

でもでもエアデートなら毎日してるよ？　お布団《ふとん》の中で夜な夜な妄想《もうそう》してる夢のお出かけは、朝山クンとの公式なおデートに認定してもらえるのカナ？

必要なら議事録に書き起こしちゃうぞ、びえ～～ん！

心は泣きべそモードでも、必死に平静を装う。

「そそそ、そういうことってあるよね～（びえ～～ん！）」

――と、不意にスマホが震えた。

確認すると、文実のグループメッセージだった。

「あ、みんな着々と準備進めてるって。私たちも行こ？」

明るく呼びかけたつもりが――あれ……？

口を出た言葉は鉛みたいに重くて、跳ねることなくズシンと沈んだ。

だって、目に入っちゃうんだもん。

スマホの待ち受けには――ああもぅ、何やってんだろ……。

暗い顔なんてダメダメ。みんなが楽しみにしてる後夜祭、バッチリ盛り上げなきゃでしょ？

いつもみたいに明るく頑張ってこ～～！

ふぅと息をついて、どうにか切り替えようとしたけど、ため息ばかりついてたせいかな、

「あの……先輩、お疲れ気味のようですし、もう少しここでお休みになられては？　準備の方はどうか、私にお任せを……！」

璃子ちゃんに気を遣わせてしまった。

「ん……と、じゃあごめん、ちょっとだけいいかな……？」

お言葉に甘えて、私一人が中庭に残る。

悪い先輩だなぁ、後輩に仕事を押しつけちゃって――。

でも、もう少しここで心を整えてからでなきゃ……。

このままじゃ私、みんなの前でちゃんと笑えない。

今だって……もうやだ、ちょっと気を抜いただけで涙が込み上げてしまう。

視線を落とすと、スマホの待ち受けには朝山クンがいる。

学校待機中に撮らせてもらった写真だ。私の自撮りを送りつけたお返し。

いきなり撮ったから、鳩《はと》が豆鉄砲《まめでっぽう》を食ったような、きょとんとした顔をしている。

その姿がすごく可笑《おか》しくて――憎らしいほど愛《いと》おしい……。

「学校待機かぁ……」

ついこの間のことなのに、遠い昔のよう。

朝山クン、この中庭で言ってくれたっけ。

『こんなときだからこそ絶対に一人で泣かないでください！　先輩の荷物、俺にも持たせてほしいんです……！』

年下の男の子に、まさかそんなこと言われるなんて思ってもみなくて、
だけど、彼の眼差しはびっくりするほど熱くまっすぐで、
それから、包み込むような優しさに溢《あふ》れてて——。
あ、私、彼に甘えてもいいんだって、心が解《ほど》けると同時に、
ビリビリって胸に甘い電流が走って、すっかり恋に痺《しび》れちゃった——。
だからつい舞い上がって、朝山クンは私の！　私だけのもの！　なーんて勘違いしてたけど、
朝山クンに甘えていいのは、別に私だけじゃないんだよね……。
彼の魅力に、他の女の子たちも気付き始めてる。
璃子ちゃんは……うーん、いろいろ事情がありそうだけど、一年の久錐《くすい》ちゃんは絶対にそう。
女の勘だけど彼女——きっと今日、朝山クンに告タコする。
他の子だって、もしかしたら——。
朝山クンのこと独り占めにしたいのに、どうしよう……。
もう私の手の届かない遠くに行っちゃうよ……。

あの日捻挫《ねんざ》した足を――彼が手当してくれた右足を、上下に動かしてみる。

もうちっとも痛くない……のに、すごく痛い。

胸の奥がすごくすごく痛い。

大変だった、あのとき以上に――。

ねぇ朝山クン。あの日みたいに助けに来てよ。

私、今ものすごくつらくて、このままじゃもう笑えないよ――！

ぽたり――瞳から溢れた涙がスマホ画面を濡《ぬ》らした。

瞬間、誰かが近付いてくる気配がして、
朝山クン……？

弾《はじ》かれたように顔を上げると、

「紗綾、ここにいたんだ……」

心配そうに言ったのは、幼なじみのカッちゃんだった。

やだ、泣いてるの見られちゃったかな……。

慌てて涙を拭《ぬぐ》って、なんでもないフリ。

「へへ、ちょっとサボり中。後夜祭の準備あるのにねー」

「ここにいて正解だよ。今はほら、飢えた男どもが紗綾を狙《ねら》って駆けずり回ってる」

「なにそれぇ～。私、食べ物じゃないんですけど？　わっ、ひょっとして学校待機明けにご馳《ち》走三昧《そうざんまい》したのバレてる⁉　密《ひそ》かに体脂肪アップしちゃってるんだぁ。それで美味《おい》しく見られてたりしてぇ〜⁉」

冗談めかして言ったのに、あーもう、今日はほんとダメ。

空回りするトーンに、「紗綾、僕の前では無理しないで?」とカッチャんは困ったように笑った。

「隣、いいかな?」

確認を取ってから、私の横に座るカッちゃん。幼なじみなのに他人行儀すぎない?

そう思う反面、律儀に聞いてくれるの、今私が一人になりたいんじゃないかって、気を遣ってくれてるんだよね。

昔は私の後ろで泣いてばかりだったのに、随分と成長したもんだ……なんて感心していたら——

「もしかして朝山君のこと気にしてる?　今日の紗綾、ずっと上の空だったろ」

急に図星を指されてドキリとする。

「さっすが幼なじみ、カッちゃんには隠し事できないなぁ……」

肩をすくめて、本音をぽつりとこぼす。

「私、ズルいんだぁ。朝山クンの方から言ってくれたらなぁって、試すようなことばっかり……」

学校待機、最終日だってそう。

『朝山クンはネコ派、イヌ派、それとも私派？　さーて、どれでしょう！』

新品のマスクを人質に、生半可なマーキング。

今思えば、あれこそが痛恨のミス——もうね、大失敗だった。

あの日から私、曖昧《あいまい》な彼に振り回されてばかりだよ……。

マモちゃんって愛称で呼んでも、冷たいそぶり。

私たちのことも『ただの先輩後輩』だなんて言うし——。

「でもね、私だって頑張ったんだよ？　自分でも恥ずかしくなっちゃうくらい、めいっぱいアピールしてきたつもりだった……」

「恥ずかしくなるって、た、たとえばどんな……？」

怖い物見たさみたいな顔で、カッちゃんが聞いた。

「うーん、いろいろやっちゃったけど、一番キツかったのは親子コアラ作戦かなぁ～？　コアラに擬態《ぎたい》すれば正々堂々とバックハグし合える～～！　って名案を思いついたまではよかったんだけど、朝山クン、全然ノってきてくれないんだもん。私だけがその木にしがみついて『子コアラさんどうぞ～』って朝山クンからのギュッ♥を待ちぼうけだよ、思い出すだけで恥ず

「そそそ、そんなことまで……」

さすがのカッちゃんも引いちゃったかな？

テンパるような場面でもないのに、真っ青《まさお》な顔で動揺しちゃってる。

「ほんとドン引きだよねぇ～。昨日なんてスマホ越しにキスまで迫っちゃった。私ってそんなに魅力ないかなぁ……。なかなか受け入れてもらえないから、最終的には押し倒す形になっちゃって……ってカッちゃん、どした？　剣で心臓ブッ刺されたみたいな顔になってるけど……」

「ハハハ、紗綾ってばそんなことまで……ハハ……」

やだ、引きすぎてカッちゃんの目、虚《うつ》ろになってる……！

まぁね、自分でも滑稽《こっけい》だなって思う。

肝心なことは口にできないくせに、思わせぶりな態度に逃げて、今朝《けさ》だって――。

『だって朝山クン、私に夢中だもんね？』

彼の方から言ってくれたらいいのに。

周りからの無責任で興味本位な視線なんて、全部はね除《の》けてくれたらいいのに。

意気地なしの私は、願うように試してしまった。
だけど、今までさんざんそーゆーことしてきたから、罰《ばち》が当たったのかな。

『ややや、この状況でからかうのはさすがに勘弁してくだされ……！　お、俺はほら、先輩みたいに軽いノリでそーゆーこと言えちゃうキャラじゃないですし……』

いともあっさり流されちゃった。

「別にね、平気だったよ。名前で呼んでもらえなくても、『可愛い』がもらえなくても、子コアラしてくれなくても、私の気持ち、少しは伝わってるって思ってたから……。だけど——さすがに今朝のはキツいなぁ……」

彼の言葉を聞いた瞬間、背中がゾクリとした。
届いたと信じてた想いは、ちっとも伝わってなくて、
マスク越しのキス——あれも、ただの『軽いノリ』だって流されてたのかなぁ……。

〈軽いノリなんかじゃない、私……いつも本気だったんだよ？〉

伝えたい言葉は、だけどとても口には出せなかった。

だって、急に怖くなったの。

どんなに迫っても、いつも困った顔ではぐらかしてくる彼のこと、んもぅ、また照れちゃって、しょーがないなぁ……って思ってたけど、そう信じたかったけど、

朝山クンが私に『好き』をくれないのはただ単純に、

彼が私のこと、『好きじゃない』からかもしれないって——。

「どうしよう……私ね、恋に感電した日から完全に浮かれ気分で、朝山クンのこと困らせるような甘え方ばかりしちゃってて……彼には私じゃなくて、もっと他に甘やかしたい子がいるのかもしれないのに……」

「紗綾……」

「もう完全に恋の迷惑防止条例違反って感じだよ……。朝山クン、あのあと連絡くれて、なのに私スルーしちゃって……。それだけじゃないの、わざわざ屋台まで来てくれた彼のこと思いっきり無視して……ほんとどんだけ迷惑かける気なのよって、自分でもイヤになる。だけどね、彼に会うのが怖いの……」

だってさぁ、『いろいろ話したいことがある』って何？

今までのからかい、実は全部ウザかったですとか言われたらどうしよう。

好きな子に先輩とのこと誤解されたくないから、もうやめてください、とか？

でも朝山クン優しいし、今朝のコト、謝ろうとしてくれたのかも?

だけどさ、私の本気に気付かない彼だから、私が何に傷付いたのかとかたぶんわかってないんだろうし、

なのに無理に謝ってほしくないよ……。

変に気を遣われるのもヤダ、優しいウソなんていらない……!

「軽いノリなんかじゃないよぉ、全然重いよぅ……。朝山クンのこと本気だからいろいろ考えちゃって、だからどんどん怖くなって……どうしよう、彼のこと無視しちゃった……」

なのにさ、ほんとワガママ……。

今ここに彼が来てくれたらいいのになんて……どんだけ恋の条令違反なの……。

「もうやだ、いつも可愛い紗綾ちゃんでいたいのに……こんなの絶対嫌われたぁ……」

「そんなの……可愛くいさせない方が悪いんだ、紗綾のせいじゃない」

急に立ち上がったカッちゃんが、私の正面に来た。

「カッちゃん……?」

どうしたんだろう。

幼いころからよく知っている彼は、だけど知らない顔をしていた。

「僕はさ、どんな紗綾でも素敵だって思う。たとえ可愛くなれなくても、笑顔になれなくても、どんな君だって——」

これまでの、どのカッちゃんよりも真剣な眼差し。

「僕はずっとずっと昔から、紗綾のことが大好きだ。だからさ——受け取ってよ紗綾」

彼がポケットから出したのは、本当に神社で売られてそうなほどの出来映え——

優雅に愛らしいタコ形お守りだった。

特別に付けてくれたの——？

タコの頭に施された花のビーズが、夕日に照らされてキラキラ光っていた。

「紗綾先輩、どこに行っちゃったんだろう……」

夕暮れのグラウンドでは、後夜祭準備の真っ最中。

キャンプファイヤーの木々が組まれ、ダンスに使うペーパーチェーンを手にした生徒たちが集まってきていた。

それなのに、変だな。

いつもなら元気いっぱいに盛り上げてくれる紗綾先輩の姿がない。

後夜祭ではさすがに会えると思ったのに……。

スマホのメッセージを確認しても、相変わらず既読スルーのまんま。

〈今どこですか?〉

追加で送ったメッセージにいたっては未読だ。

——と、電話がかかってきた。橙寺だ。

メッセージじゃなくて電話なんて……もしかして、例のヤンチャな先輩とトラブった末の緊急連絡《エマージェンシー》⁉

慌てて電話に出ると、

『朝山君、急いで中庭に向かってください！　後夜祭の準備は私に任せて……！』

「私に任せてって、橙寺、修羅場中なんじゃゃ……？　だから俺に助けを……」

『違います、中庭には紗綾先輩がいるんです！　今なら間に合います。このタイミングを逃さないで、どうか運命に変えて……！』

恋はタイミング——それを痛いほど知る彼女が、祈るように言った。

「橙寺、ありがとう……！」

通話を切って、中庭へと向かう。

とにかく急がなきゃ。

紗綾先輩のガラス玉みたいな瞳——あの寂しそうな笑みが何を意味していたのか、結局のところ、わからずじまいだけど……。

今を逃したらもう話もできないんじゃないかって、そんな気さえしてしまって。

ハァハァと、マスクの息苦しささえ構わずひた走る。

なのに、こんなときに限ってなんでだよ……。

グラウンドから中庭へ向かう途中——

真守の前に立ちはだかったのは、最強の鉄壁だった。

「遅いよ、今さら紗綾のところに向かうつもりかい？」

あざ笑うように言った城将は、ここに来てとんでもない先制点。

「君がもたもたしてるからさ、悪いけどお先に告タコさせてもらったよ」

ああ、またしても——。

どうやらタイミングってやつは、全力で俺の恋を邪魔したいらしい。

8問目 耳元で愛をささやいて

「君がもたもたしてるからさ、悪いけどお先に告タコさせてもらったよ」
紗綾《さあや》先輩の元へ走っていたはずが、とんだクールダウンだ。
城将《じょうしょう》先輩からのブロックに、熱くなっていた体が一気に冷えていく。
だけど、ただの牽制《けんせい》かも……。
告タコしたって、お守りを受け取ってもらえるかどうかは別だし……。
甘い現実逃避も虚《むな》しく、
「紗綾、受け取ってくれたよ。すごく喜んでもらえた」
それって先制点どころか試合終了ってこと……？
タイミングに見放され続けた俺《おれ》は、もう遅かったって……？
それともあれかな、幼なじみが地道に加点し続けた結果には勝てないってことか……。
勝負に出る前に負けた。
負けてしまった――。
無情な現実に打ちのめされていると、

「なんだい、豆が鳩鉄砲《はとでっぽう》食ったような顔して」

勝者である城将が、余裕たっぷりに笑った。

や、豆はいいとして、鳩鉄砲ってなんすか⁉

「君の考えてることなんて容易に想像がつくよ。まぁしょうがないよな、先輩たちお似合いの二人だし、幼なじみの絆《きずな》には勝てないっていうか。やっぱ俺、小悪魔な先輩にからかわれてただけかぁ……。まぁ紗綾先輩の決めたことだし、ここは潔く身を引かなきゃ――とか思ってるんだろ、どうせ」

ここ、この隠密、ブロックとシュートだけじゃなくて心まで読めんの――？

ほんと俺、勝てるとこなさすぎ……。

思考のその先を悔しいほど見透かされて、何も言えなくなってしまう。

「まさか感傷に浸《ひた》ってるの？　自分だけが傷付きました、みたいな顔しちゃってさ」

不愉快そうに眉《まゆ》を歪《ゆが》め、プッと吹き出した城将は、けれど真剣な目で言った。

「恋に傷付くのは誰《だれ》だって同じだよ、たとえばそれが学校一の小悪魔だってね――」

なんだよそれ……。

なんでそんなことを今、勝ち誇ったような上から目線で――。

キッと見据えると、彼は厳しい声音《こわね》で告げた。

「哀れな君に一つだけ教えておいてあげるよ。女の子の言う『平気』はだいたい平気じゃないし、『大丈夫』も然《しか》り――全然大丈夫なんかじゃない」

「え……と、それってどういう……」

「これでわからないようなガキなら、永遠に鳩鉄砲でも食い続けてればいい」

吐き捨てるように言った城将が、すたすたと真守《まもる》の横を通り過ぎる。

や、だから鳩鉄砲って何……!?

しかも、なんで失恋した側の俺がそんなこと言われなきゃなんないんだ……。

大丈夫って言ったら、普通は大丈夫だし……。

困惑しつつもハッと脳裏《のうり》をよぎったのは、今朝《けさ》のことだった。


『俺はほら、先輩みたいに軽いノリでそーゆーこと言えちゃうキャラじゃないですし……』

周囲の視線に負けて逃げるように答えた俺に、紗綾先輩はほんの一瞬だけど、ものすごく傷付いたような顔をして、だけど強く言い切ったんだ。

『へーき、全然大丈夫……!』

それはもう、不自然なくらい清々《すがすが》しい笑顔で――。

ああ、俺、なんで忘れてたんだろう……。
あの顔はそうだ、学校待機中に見たのと同じ――
彼女が一人でムリしてるときの顔だ、全然大丈夫じゃないときの——！
彼女が妙に明るいのは、何かを隠してるからだって、
危険信号なんだって、知っていたはずなのに――。
ああ、俺は本当にどうしようもないほど子ども《ガキ》だった。
学校閉鎖が終わって日常に戻ったら、自分のことで頭がいっぱいで、
周りの視線ばっか気にして、今日なんて――

『朝山《あさやま》クンと私、ただの先輩後輩だから』

先輩から一方的に突き放されたように感じて、勝手にショックを受けていた。
だけど、ああ……ソレを先に口にしたのは、俺の方じゃなかったか――？
そうだ、学校閉鎖明けの登校日、
俺はみんなの視線に怖《お》じ気《け》づいて、マスク越しにキスまでした先輩との関係を――

『その……たっ、ただの先輩後輩ですよ、強《し》いて言うなら文実《ぶんじつ》仲間っていうか……』

そう誤魔化《ごまか》したんだ。
そんな俺にモヤモヤを覗《のぞ》かせた彼女は、だけどすぐに笑ってくれた。
それはもう、こっちが拍子抜けするくらい不自然な明るさで――。
俺はその笑顔に甘えて、先輩が怒ってないってほっとして、
あのときだけじゃない、もしかして俺はずっと先輩のこと――。

ああ、俺は今日間違えたんじゃない、ずっとずっと間違え続けていたんだ。


度重なる過ちに気付いて、背筋が凍り付く。と――

「あの……朝山先輩……?」

か細い声がして振り向くと、

「久錐《くすい》さん……?　え……と、どうしたの?」

一年生の久錐がおずおずと言った。

「あ、すみません、追いかけてきちゃいました……。もうすぐ後夜祭なのに急に走り出して、
何かあったのかなって……」

「や、別に何があったってわけでもないんだけど……」

「そ、そうですか……。あ、あの……えっと……」
文化祭だから、気合い入れてオシャレしたのかな。
いつも下ろしている髪を、ポニーテールにまとめた久錐。
さして乱れてもない前髪を手櫛《てぐし》でサッと整えた彼女は、
「あ、あの、朝山先輩……！」
意を決したように言った。
「今日のダンスの相手、もう決まってたりしますか——？」
小刻みに震える華奢《きゃしゃ》な手。
差し出されたのは文実の——いや、『彼女』のタコ形お守りだった。
他のお守りにはない、ピンクのステッチが可愛《かわい》くて——
いくら愚鈍な俺でも、そのお守りに託された意味が、わからないはずがなかった。
予想もしていなかったことで、正直かなり驚きはした。
けれど俺の答えをじっと待つ彼女の瞳《ひとみ》は、
『そんなまさか……』
なんて疑うのが失礼なくらい切実で、まっすぐで——
茶化《ちゃか》したり、誤魔化したりしちゃいけないやつだって、すぐにわかった。
だから——

「ありがとう……だけどごめん、受け取れない――」

ああ、城将先輩だったら、こういうときもスマートなのかな……。

そんな引け目を覚えながらも、ありのままに続ける。

「ダンスの相手、決まってるわけじゃないけど、一緒に踊ってほしい人がいるんだ。叶《かな》わない願いかもしれないけど、それでも――」

しばらくの沈黙のあと、久錐が頷《うなず》いた。

「紗綾先輩ですよね。なんとなく、ううん、かなりそんな気はしてました」

込み上げる涙に瞳を揺らした彼女は、それでも悔いのない眼差《まなざ》しをしていた。

「だけど私の気持ち、どうしても伝えたくて……。おかげでスッキリしました、先輩も頑張《がんば》ってください」

溢《あふ》れ出す涙を隠すように背を向けた久錐が、ぱたぱたと駆けていく。

遠くなっていく背中に、『ありがとう』と『ごめんね』を心の中で繰り返す。

受け取れなかった想《おも》いは、だけど痛いほど胸に刻まれて――

恋って楽しいだけじゃない。

すごく苦しいよな。本気であればあるほど、その矢尻《やじり》は鋭く尖《とが》って――

あのビラを撒《ま》いたやつだって、やり方は最低だったけど、彼なりに先輩を想ってやったことで――。

恋に傷付くのは誰だって同じで、なのに俺——ほんと城将先輩の言ったとおりだ。
何、自分ばっかり傷付いたみたいな顔してたんだろ……。

『そかそか、軽い感じに聞こえちゃってたかぁ〜』

儚《はかな》げな彼女の微笑《ほほえ》み——その裏にある本当の気持ちを、ようやく理解する。
そうだ、彼女はいつだって本気で、
あのマスク越しのキスだって、彼女の精一杯の『好き』で、
決して『ノリ』とか『からかい』なんかで済ませちゃいけなかったのに——。
周りの目ばかり気にしてた俺は、彼女の勇気もサインも見逃して、
そりゃ、愛想尽かされて突き放されても当然だって——。
「ああ、俺行かなくちゃ……」
もう紗綾先輩は城将先輩の想いを受け取ってしまった後で、とっくに勝負はついている。
それでも、尻尾《しっぽ》を巻いて逃げるのは、まっすぐ向かって来てくれた久錐さんにも、
なにより、ずっと本気を向け続けてくれてた紗綾先輩にも失礼なことだから——。
……って、俺ってば本当にダメダメすぎる。
先輩に渡すお守り、家に忘れてきたんだった……。

今から急いで作る……？や、さすがにそんな時間はないし……ああ、どうすりゃいいんだ……。

たとえもう手遅れでも、彼女が届けようとしてくれた想いに、ありったけの誠意で応《こた》えたいのに――。

彼女が望むことは、望んでいたことはなんだろう。

ひょっとして、まだ見落としてることがあるんじゃないのか――？

必死に考えて、記憶をたどって、あ、そうだ、確か――。

思い立って踵《きびす》を返した真守は、中庭ではなく、文実の委員会室に向かう。

「あった……！」

委員会室で、お守り作りに使用した糸――その残りを手にした真守は、

「お守りはムリでも、これなら……」

大急ぎでソレを作ると、今度こそ――

全速力で紗綾の待つ中庭へと向かった。

黄昏《たそがれ》に染まった中庭。

木陰《こかげ》のベンチには、ああ、たった半日会えなかっただけでもう懐《なつ》かしい。

最愛の人が——紗綾先輩がいた。

よかった、ようやく会えた……！

ハァハァと肩で息をしながら、彼女の前に駆け寄る。

ようやくタイミングが味方してくれた？

いいや、もう遅いよな。

彼女の手には、予想通りのクオリティ。

花のビーズがキラリと輝くタコ形お守りが握られていた。

「朝山クン……」

真守に気付いて顔を上げた紗綾が、真ん丸な目を瞠《みは》る。

「それ……城将先輩から……？」

「うん——」

こくんと頷いた彼女は、マスクをしていてもわかるほどの笑顔だった。

ああ、やっぱり――。

彼女との『運命』が、ただの『偶然』になってしまった。

残酷《ざんこく》な現実を、改めて思い知らされる。

「ごめんね、メッセージ全然返さなくて。それから無視しちゃったことも……」

「俺の方こそすみません、その……今朝のことも、これまでのことも全部……」

「大丈夫……！　平気だから、お願いだから、もう何も言わないで……」

ああ、夕日が暮れていく。

恋の幕が下りるように、ゆっくりと――。

闇《やみ》を誘う静寂が胸を切り裂いて、ああ、だけど――

「すみません、そのお願いは聞けません……って、よく考えたら俺、先輩からのお願い、最初から聞けてなかったですね」

「え……？」

「聞き分けのない男ですみません。けど、聞けるお願いなら全力で叶えたくて……だから、これ――」

謝りつつも、先ほど大急ぎで作ったモノを渡す。

「へ……？」

ただでさえ困惑していた紗綾が、理解が追いつかない、といった顔で固まる。

渡したのはタコ形お守り——の代わり、タコの絵を書いた紙コップだ。

彼女が望むことは、望んでいたことはなんだろう——。

必死に考えて記憶をたどって、たどりついた答え、これはその一つだ。

いつかの文実会議で先輩が言っていたから——。

『ダンスの途中でほら、耳元で愛をささやかれちゃったりして。みんなには聞こえない秘密のこ・く・は・く♥　いいなぁ～、そういうの』

あのときの俺は、照れもあって『耳元で話すなんて、このご時世じゃそれこそ無理なんじゃ……』なんてあっさり流してしまった。

だけどコレなら『無理』も叶えられる。

渡したのはただの紙コップじゃない。

俺の持つもう一つのコップと糸で繋《つな》がってる——そう、糸電話だ。

今のご時世、耳元でささやくには電話くらいしかないって思ったけど、スマホじゃ情緒がないし、それならってひらめいたんだ。

委員会室には発注を止め損ねて届いた紙コップ、それにお守り作りで余った糸があると思い出して、急ごしらえしたってわけ。

糸電話なんて、それこそ子どもかよって？

カァカァと鳴くカラスの群れが、『何を今さら』って笑ってるようにも思える。

けどさ、もう怯《ひる》んだりしない。

俺が先輩の『本気』を『からかい』だと流すたびに、彼女は傷付いていたかもしれなくて、
その傷がほんの少しでも癒《い》えるのなら、俺の『本気』を全《すべ》て捧《ささ》げるから、
手遅れでもどうか謝らせてほしい。

それが彼女への、せめてもの償《つぐな》い。

そして俺自身の、散りゆく恋の弔《とむら》いにもなるだろうから――。

「えっと……このくらいかな……」

糸電話を手に後退、彼女から程《ほど》よい距離を取る。

屋外だしコレもあるし、大丈夫だよな。

マスクを顎《あご》へとズラした真守は、糸電話を口に当てると、

「先輩、それを耳に……！」

ジェスチャーも交えながら、向かいのベンチに座る彼女に訴える。

不審げにこちらを見つめた紗綾は、スッ――マスクをわずかにズラすと、コップを耳ではなく口元へ近付けた。

あ、先輩、何か話すつもりだ……！

慌ててコップを耳に当てると、

「ねぇ、どういうこと？　最初から私のお願いが聞けてなかったって……」

ピンとなった糸から彼女の声が伝わる。

離れてるのに、すぐ近くに聞こえる……糸電話ってやっぱスゴいな。

紙コップっていうか、もはや神コップ……！

懐かしい驚きに、つい感動してしまう。

……って今は先輩のことに集中しろ……！

返事を求め、コップを耳へと運ぶ紗綾。

それを確認した真守は、

「最初からっていうのはその、初めて会ったときのことで――」

何の飾りもない、ありのままの想いを糸電話に託す。

「『惚《ほ》れんなよ？』って忠告されてたのに、すみません、その0秒後にはバッチリ惚れちゃってました。あのころから、ずっと先輩のこと好きだったんです。文実に入ったのだって、先輩に近付きたかったからって不純な動機で……」

わ、重すぎて引かれちゃったかも？

コップを構える彼女の横顔が、ほんのわずかだけど驚きに跳ねた。

だけど耳に構えたその手が下ろされることはなくて、性懲《しょうこ》りもなく話を続ける。

「だから学校待機で急に先輩との距離が近付いて、嬉《うれ》しい反面怖くもあったんです。舞い上がって下手したら、せっかくの関係が壊れちゃうんじゃないかって……。それに俺、ダメダメすぎて周りの視線が痛くて……橙寺《だいだいじ》と出かけたのは、先輩に釣り合うオトナの男になるための練習で……」

うわぁ、改めて口にするとめちゃめちゃ情けないし、恥ずかしい……！

それでもここで逃げちゃいつもと同じだと、恥をかなぐり捨てて続ける。

「でも結局練習にはならなくて……。だって先輩以外には、普通に対応できちゃうんです。あのビラにあった腕組みもセルフィーも他の子となら簡単で……『可愛い』だって自然に言えちゃって……でも先輩には言いたいのに言えなくて、なんていうか本気すぎて言葉が上手《うま》く出てこないっていうか……？」

ああ、まさに今もそうだ、伝えたい気持ちに言葉が追いつかない……！

「つまりはその……俺から言葉を奪えるのは先輩だけなんです！　それだけじゃない、橙寺といるのに、俺の思考は先輩に奪われてばかりで……橙寺と練習した『初めて』が先輩とだったらよかったのに！　そう思うくらい先輩のことが好きで、好きすぎて……なのに照れとか保身ばっかで、先輩の『本気』を傷付けて本当にごめん、ごめんなさい……！」

深々と頭を下げた真守は、手にしていた紙コップをそっと地面に下ろした。

もう思い残すことはないと、マイクを置くように――。

ああだけど、まだやらなきゃいけないことがある。

くるりと紗綾に背を向けると、目の前には癒やしを誘う木々があって、すぅはぁと深呼吸する。

とはいえ優雅に森林浴《しんりんよく》ってわけじゃない。心臓はバクバクと加速度を増すばかりだ。

さっきの告白で既に一生分の恥と照れを使い切っちゃったから、ここからは来世分を先払い。

こんなことしたって、『今さら何それ、くだらないよ！』って笑われるだけだけど、
むしろ思いきり笑い飛ばしてほしい。

これはそう、城将先輩との恋を選んだ彼女への餞《はなむけ》だ。

これで彼女が晴れやかに歩き出せるなら、俺は道化にだってなる。

「俺の『初めて』の失恋を先輩に捧げます……！」

そう宣言した真守は、今一度大きく息を吸い込むと――ガシッ！

目の前の木にしがみつき、顔だけ紗綾を振り返って、

「親コアラの準備万端！　子コアラさんどうぞ～」


来世分の恥をゴリゴリ削りながら呼びかける。

いつだったか、先輩がやってくれたように――。

それにしても、想像以上に恥ずかしいなこれ……。

でも俺、これやってくれた彼女の思いを蔑《ないがし》ろにしてたんだよな……。
そう思うと、恥ずかしさより申し訳なさの方が強くなって、
これは彼女の希望を叶えたいっていうより、俺の身勝手なお願いなのかもしれない。
だけど、さぁ笑って！
それで愚かな俺が負わせた傷を、どうか忘れ去って――！

「さささ、子コアラさんどうぞ～」

再び恥を削って訴えかけたけれど――
やっべぇぇぇ！　紗綾先輩、クスリともしてない……！
紙コップを手に呆然《ぼうぜん》としてるだけじゃん！
おおお、俺、また間違えたかもしれない？
これって笑えないレベルに引いてるってこと……？
それともあれかな、人一倍気遣いのできる人だから、
笑っちゃ失礼だって、ぐっと沈黙を貫いてるのかも……？
や、哀れに思うなら笑ってくれた方がいいのですぞ？
その方が俺の恋の供養にもなるのですじゃぁぁぁ……！

「さささ、子コアラさんどうぞ～」

さっきよりだいぶ控え目ではあったけど、念のためにもう一度呼びかけてみる。

だけどああ――再び沈黙が降りて、やっぱりダメだったか……。

そう思った、まさにそのとき――

紙コップをベンチに置き、すっくと立ち上がった先輩が、

「コアコアコアコアコア～～！！」

恐るべきスピードで近付いてきて、ボフンッ……！

俺の背中に思いきり飛びついた。

あまりの勢いに、親コアラ、木にめり込みそうなんですが……!?

何がどうなっているんだ……？

困惑したまま、肩越しに子コアラな彼女を見つめる。

「いらないよ……！　朝山クンの失恋なんていらない……ほしいのは恋だけだもん……」

大粒の涙を湛《たた》えた瞳が、うるうると眩《まばゆ》く揺れている。

「いつも試すようなことばっかりして……もう嫌われちゃったかと思った……」

「そんな、俺の方こそ……」

言いながら、ヤバい……俺たち顎マスクだったと気付いて、
だけど彼女の腕を振りほどくことなんてできずに、正面の——木の方を向いた。

「朝山クンの気持ち、ちゃんと受け取ったよ——」

背後から俺を抱きしめていた華奢な両腕——その力がぎゅううっと強まる。

「でもさ、覚悟できてる？　このコアラ、すごく甘えん坊だからね？　今度こそ本気の本気の本気で甘えちゃうんだからね……？」

挑戦的——なのに、まだどこか不安げな涙声が背中に響いて、

「——今度こそ、望むところです」

いつもの爺《じい》やモードではない、一人の男としてはっきりと応える。

とはいえ親子コアラ状態のままだから、カッコよく決まったかは謎《なぞ》だけど……。

「じゃあさ、マモちゃんって呼んでも嫌いにならない？」

「なるわけないじゃないですか。マモちゃんでも、マモぴょんでも喜んで」

「え〜じゃあ、マモにゃんにゃんって呼んじゃお♪」

ややや、さすがにそれは恥ずか死《し》しそうなんですが⁉

ああだけど——

「そ、その……今みたいな二人のときに……もし先輩が……サーヤが望むなら……」

さりげなく名前で呼んでみる。

紗綾って呼び捨てにするのはまだ難しくて、ニックネーム風になっちゃったけど、それでもいいかな……？

答えの代わりに、ぎゅうぅううう！

彼女の腕に込める力が、よりいっそう強くなった。

顔は見えないけど、背中から伝わる温《ぬく》もりでわかる。

きっと今、花のような笑顔を咲かせてるって――。

「このコアラ、先輩だけど焼きもち焼きだからね？　今日だって君のせいでお餅《もち》焼きすぎてお腹《なか》いっぱいだよ！」

「で、では腹ごなしに一曲踊ってくれませんか？　ディスダンスっていう、酷《ひど》いネーミングのダンスがあるんですけど」

「んもう！」

ぽすん、と真守の背中に顔を埋《うず》めた紗綾。華奢な腕に込められた力が、

ぎゅうぅううううううっ――！

今日イチで強くなって、ああ、先輩の感触が伝わりすぎてヤバい幸せ……って、ちょっ、それはさすがに締めすぎです！　心臓のドキドキもヤバいけど――

「ろ、肋骨《ろっこつ》が限界です、ヒビ入りそうっていうか砕けそうぅ……！」

「わっ、ゴメン、愛が昂《たかぶ》りすぎちゃった……！」

慌てて腕を放し、「あっ……」とマスクの位置を整える紗綾。

その姿に、真守も「あっ……」と顎マスクを直し、二人はふふっと笑った。

「そうだこれ、子コアラからのプレゼント♥」

彼女がくれたのは、見覚えのあるちょっとカオスなタコ形お守りだ。

タコなのにネコ口で、つぶらな瞳にまつげまで付いてる。

「私に似て可愛いお守りなんでしょ？　君のためにキープしといたの。無駄になっちゃわなくてよかった――」

「あ、ありがとうございます……！　お、俺も先輩のために用意してたんですけど、その……忘れちゃって……」

「それでコレ？」

地面に置きっぱだった糸電話を手にした紗綾が、

「えいっ！」

糸を引っ張って、ベンチに残るもう片方を引き寄せる。

「ね、こっちのコップに書いてあるタコの絵は普通なのに、もう片方のタコはネコ口だし、まつげまであるんですけど？」

キャッチした二つを見比べながら、にまーぁっと目を細める紗綾。

「私に似たタコと自分のタコ、赤い糸で繋いじゃった感じぃ？」

「そそそ、そーゆーことわざわざ言わないでくださいよ……！　この親コアラ、めちゃめちゃ恥ずかしがりなんですからね⁉」

「いーじゃん、私だって恥ずかしいこと書いちゃったんだぞ？」

いたずらな視線がチラリ――真守の手に握られたお守りを指す。

そういえば、まだ中を見てなかった。

「開けてみてよ、とびきりのメッセージ入れたんだから」

「とびきりのメッセージって……」

「そんなの言わせないでよ」

見ればわかるんだし――と、小悪魔というにはあまりに可憐《かれん》な瞳が、恥ずかしそうに真守を見上げる。

これで勘違いするなって方がムリだ……。

っていうか、もう勘違いなんかじゃないし……？

先輩そっくり――ネコ口の可愛いタコ形お守りから、小さな手紙を取り出す。

愛情たっぷりのお守りに、告タコにふさわしいメッセージって言ったら――

〈後輩割引で千円になりまーす！〉

「ちょっ、可愛い字でお守り代請求《カツアゲ》しないでくださいよ……！」

ああ、またしてもやられた〜！

や、なんとなく予想はしてたけどね⁉

心地良い不思議な悔しさに震えていると、

「んもぅ、ちゃんと裏も見てよぉ」

「へ、裏……？」

言われてひっくり返す。——と、ああぁ、二段仕掛けでやられた……！


〈ただし、デート代として♥〉


領収書の但《ただ》し書きみたいな、デートのお誘い。

小悪魔姫さまに、まんまとやられてしまった。

いたずらなウインクにクラクラしていると——

遠くからエレキの音が聞こえる。

「これってHARUTO君の演奏……？　大変、後夜祭始まっちゃった！」

「俺たちも急ぎましょう……！」

慌ててグラウンドに向かうと——

パチパチと音を立てる薪《まき》に、踊るような火の粉《こ》。

燃え盛るキャンプファイヤーを囲むのは、ペーパーチェーンを手にした生徒たちだ。

カップルだったり、友達だったり、グループで輪になってたり――。

激しいのにメロウ――HARUTO先輩の奏《かな》でる甘いナンバーに合わせて、みんな思い思いにダンスしている。

大声は出せないけど、それでも楽しそうな様子がマスク越しでもわかる。

「よかったぁ、みんな喜んでくれてるみたい……！」

「ですね……あ、あそこ！」

告タコに成功したのかな、それともこれからなのかな、すっごく甘酸っぱい雰囲気。

恥ずかしそうに踊るカップルたちの中でも、一際《ひときわ》照れ照れなペアを発見した。

颯真《そうま》君とリボンちゃんだ。

二人とも面映《おもは》ゆそうに俯《うつむ》いて、だけどたまにチラリと互いの視線を合わせては、ぎこちなくペーパーチェーンを揺らしている。

ゆらめく炎に照らされた二人の頬《ほお》が、よりいっそう赤みを帯びていくのがわかって、

「あああ、なんか見てるこっちまで赤くなってきますね……！」

「むぅ～、私を差し置いてネコちゃんたちに見惚《みと》れないでほしいんですけど⁉」

わわわ、先輩のお餅まで焼けてしまった……！

――と、一曲目の演奏が終わった。

ステージに立つHARUTO先輩が次に弾いたのは、尖ったアレンジの、だけど懐かしくて優しい――


「「きらきら星だ……!」」


真守と紗綾、二人の声が重なる。

「まぁABCの歌という可能性もありますけどね……!」

あの日の彼女の勘違いを思い出して言い添えると、

「ちょっと朝山クンしっかりして~? コレ、どう考えてもきらきら星だから」

ドヤ顔で言ってのけた紗綾は、「ね、私たちも踊ろ!」と瞬《また》く。

「あ、でもペーパーチェーンが……」

段ボールに予備のをいくつか入れておいたけど、もう空っぽい……。

「ダイジョブ! これなら距離取れるし、ディスダンスにピッタリじゃない?」

手にしていた糸電話の片方を、「はいっ」と渡してきた紗綾は、

「行こ!」

グラウンドの中央――キャンプファイヤーのそばまで駆けていく。

「わわっ……！」

紙コップに繋がる赤い糸に引かれ、みんなの前に躍り出た真守。

学校一の小悪魔アイドルと一緒にいるだけでも目立つのに、糸電話で繋がってるなんて、周囲の視線を集めないわけがない。

「ちょっとあれ見て」

「え、なんであの二人が……」

「しかも糸電話⁉」

そんなざわめきが聞こえたけど、今俺が向き合いたいのは、紗綾先輩だけだから――。

甘く歪《ひず》んだきらきら星に合わせて、ゆったりと体を揺らしてみる。

ダンスの経験はないから、文字通りフリースタイル。

赤い糸の向こうでは、愛しの彼女がコップを手にくるるん――嬉しげに回った。

夢みたい――だけど、現実なんだよな……。

胸がいっぱいになっていると、紗綾が紙コップと耳を指差してジェスチャー。

えと……糸電話を構えろってこと？

指示に従うと、スッとマスクをズラした紗綾が、糸電話越しにまさかのおねだり。

「ダンスの途中だし、耳元で愛をささやかれたいなぁ～。みんなには聞こえない秘密のこ・

く・は・く♥　いいなぁ～、そういうの～～」

えええ、ここでまた⁉　こんな大勢が見てる前で……⁉
動揺を見透かした小悪魔が、甘～くささやく。
「糸電話だもん、私にしか聞こえないよ？　それにみんなもう見てないし」
言われてみれば――勝手だなぁ……。
あんなに見てきたくせに、みんな各々《おのおの》のダンスに夢中。
俺たちのことなんて、まるで気にしてないみたいだ。

「だから、ね、おねがい♥」

糸電話を手に、じいっと上目遣《うわめづか》い。
紙コップ越しのささやきが、鼓膜を優しく震わせる。
ううう、伝わる振動が妙にこそばゆい……！
ほんとズルいよなぁ。こんな可愛いおねだり、断れるわけがない。
まぁさっきのは『ダンスの途中』ではなかったし、
俺としても失恋前提の告白だったし、

ここはうん、改めて――。

彼女のコップが耳元へ移ったのを見届けた真守は、

「お、俺はその……せ、先輩のことが好きです、ものすごく……」

非常にシンプル――だけど正直な想いを糸電話に託す。

さて姫さま、ご満足いただけましたかな？

自分的にはやりきった感があったのに、耳に当てたコップからの答えは、

「ごめーん、今のよく聞こえなかった！　もう一回お願いできるぅ？」

えええ、絶対聞こえてましたよね⁉

だって小悪魔な瞳が爛々《らんらん》！

口元だって、紙コップじゃ隠しきれないほどニヤニヤしちゃってるし……！

だけどああ、これが惚れた弱みってやつなのか？

〈ねぇ、早くぅ～～！〉

瞬く瞳でおねだり――糸電話を耳にわくわく顔で待機されると、来来来世《らいらいらいせ》の照れだって前借りだ……！

「お、俺は先輩の……サーヤのことがすごくすごく好きです、なんかもう引くほど……ってい
うか吐くほど……や、むしろ吸いたいほどに好き……！」

……って吸いたいって何だよ、ネコ吸いじゃあるまいし変態か……！
我ながらヒドい。来来来世の翌年分の恥まで消し飛んでいった気がする……。
だけど、これで聞こえなかったとは言わせない。
たまらずプフッと吹き出した紗綾。
その小さな肩が、ぷるぷると可笑《おか》しそうに震えている。
「今度こそ、ご満足いただけましたかな？」
苦笑まじりに肩をすくめると、えええ⁉
澄まし顔の姫さまは、こてんと小首をかしげて、
〈ん～？　よく聞こえないにゃ～〉

みたいな、わざとらしいジェスチャー。

ああ、これ絶対『おかわり』されるやつだ……！

――まったく、いたずらな彼女にも困ったもんだ……。

まんざらでもないため息をついて、糸電話を耳に『ねぇねぇ、もう一回～！』なんておねだりを待つ。

なのに――まさかの不意打ち。

「私もマモちゃんのこと、押すほど大好き！」

綿あめのささやきが、赤い糸を伝って耳をくすぐる。

ああ、押すほどって、ダメ押しってこと――？　情け容赦のない小悪魔が、糸電話を手に追い撃ちの指鉄砲《ゆびでっぽう》を放つ。

「ＣＨＵ♥」

紙コップ越しに響いたトドメの銃声は、可憐なのに破壊力バツグン。

パチッと爆《は》ぜる炎よりも熱く、甘く弾《はじ》けて――

BUNJITSU

ああ……耳が、胸が、全身がジンと幸せに痺《しび》れていく。
糸電話を手に、いたずらな笑みを浮かべる紗綾。
琥珀《こはく》色の瞳は一等星よりも輝いて、これはもう無条件幸福。

——小悪魔に撃ち抜かれた俺は、燃える恋にとろけるしかないみたいだ。

天を焦《こ》がすほどのキャンプファイヤー。
熱に染まる夜空に咲いたのは、季節外れの花火だ。
七色の花束《はなたば》が、二人のもとにキラキラと降《ふ》り注《そそ》いだ。

追試 先生は青春に入りますか?

「お、イイ感じに晴れてんなぁ」

風も穏やかだし、やっぱお天道様《てんと》は青春の味方ってか。

本館の屋上に出てきた藤崎謙吾《ふじさきけんご》は、夕闇《ゆうやみ》の中ぐっと伸びをする。

文化祭本祭は無事に終了。今は生徒たちのお楽しみ——後夜祭の真っ最中だ。

激しくも甘いエレキギター——これ曲名なんだっけな……。

スローテンポにアレンジされた、流行《はや》りのラブソングが聞こえる。

音に誘われて柵《さく》からグラウンド側を見下ろすと、熱い青春が燃えていた。

眩《まぶ》しいなぁおい……。

煌々《こうこう》と輝くキャンプファイヤーに思わず目を眇《すが》めた謙吾は、

「——で、お前は行かなくていいのか?」

塔屋《とうや》の陰にひっそりと座る生徒——城将勝矢《じょうしょうかつや》の方を向く。

「見たくないんですよ、鳩鉄砲《はとでっぽう》食った豆が浮かれてる姿なんて——」

どうやら、一つの恋に決着がついたらしい。

やるせない顔で俯《うつむ》く城将。その手にはキャンディがあって、
あのレトロな花柄って確か――

「チェルシーかぁ、懐《なつ》かしいな。緑のって、ヨーグルトスカッチだっけか？　甘酸っぱくて美味《おい》しいよな」

「紗綾《さあや》のお気に入りなんです、元気が出るおまじないっていうか――」

キャンディを己《おのれ》の眼前まで持ってきた城将が、

「けどコレ用意するの、もう僕の役目じゃなくなるなぁ……」

切なげに首を振った。

「今年こそは告タコしようと思ったんです。彼女のために特別なお守りも用意して、なのに……直前も直前で撤回しちゃいました」

『僕はずっとずっと昔から、紗綾のことが大好きだ。だからさ――受け取ってよ紗綾』

タコ形お守りを手に涼海《すずみ》に告白した城将は、だが驚きの表情を浮かべる彼女に笑って誤魔化《ごまか》したという。

『ごめん、誤解させちゃったね。これはさ、告白じゃなくて応援だよ――恋愛成就のお守り

さ。これで紗綾の想《おも》いも叶《かな》うから、ほら元気出して』と――。」

「笑えますよね、『中身を入れ忘れた』なんてお守りからこっそり手紙を回収、代わりにチェルシー入れて渡したんです。告白どころかその真逆――恋敵《こいがたき》との仲を後押しするようなと……。紗綾かなり弱ってたし、勝負に出るなら絶対あのタイミングだったのになぁ……」

「そうか……。けど、そう言うわりに悔いはないって顔だな」

「未練はあります。でも――言えなかったです。お守りに驚いた紗綾、嬉《うれ》しいっていうより戸惑いの方が強くて、無理に押しても、困らせるだけだってわかったから……」

深いため息をついた城将の目は、熱く込み上げるものに揺れていた。

「彼女の笑顔を曇らせたくないんです。僕の告白を『またまたぁ～』って茶化《ちゃか》してくれたらいいけど、そうはできないのが紗綾だから。応《こた》えられない想いに心を痛める姿が予想できちゃって……。カッコ悪いですよね、肝心なとこで逃げて……キメるべきタイミングってやつを逃したみたいです」

クスリと作り笑いした城将。

目じりから輝くものがこぼれて、

「ほんと情けな……」

ため息とともに拭《ぬぐ》った。

「お前なぁ、そりゃ逃げじゃねーよ。言えなかったんじゃない、言わなかったんだ。伝えないってことを自分で決めて、ちゃんと行動した」

なりゆき任せのまま試合終了——初恋を無駄に腐らせた俺《おれ》とはわけが違う。

「ハハ、どうですかね……」

苦笑した城将がマスクをずらし、包みを開けたチェルシーを口に含む。

「今日のはやけに酸っぱい……」

「両想いってのはさ、恋を成就させることだけじゃないのかもしれないな——」

「先生、無理に慰《なぐさ》めてくれなくていいです。余計虚《むな》しくなるんで……」

「そんなんじゃねぇよ。ただ思うんだ、両想いって、互いの気持ちを思いやるってことじゃないか?」

告白続行で涼海を揺さぶることもできたのに、彼女を困らせたくないと恋を隠し切った。ちっとも情けなくなんかないっつーか、むしろ情けしかねぇし。

「涼海は涼海でお前を大切に想ってるんだろうし、恋とは違っても心は通ってる。恋よりもずっと尊い絆《きずな》なんじゃねぇの」

俺の場合は——遠い記憶に胸が痛む。

美緒《みお》と想い合うなんてとんでもない。

自分のことばかりで、あいつの気持ちとか立場とか、全然理解してやれなかった——。

たとえ恋とは違っても、幼なじみと想い合えている城将を素直に尊敬する。

「お前、将来イイ男になるよ。涼海は後悔するかもな、お前を選ばなかったこと」

「どうかな……後悔してほしいような、してほしくないような……。この先あいつが彼女を泣かせるようなことがあったら、絶対取り返しにいくけど……そんな未来、きっと来ない方がいい――」

力なく笑った彼の顔は、憂《うれ》いに濡《ぬ》れていた。

けれど自分でケリを付けた彼なら恐らくは――

どこぞの落第生のように、黒塗りの青春に囚《とら》われ続けることはないのだろう。

「よく頑張《がんば》ったよお前。よしっ、俺でよければダンスの相手、付き合ってやるぜ？」

「せっかくだけど遠慮しておきます、これでも踊る相手には困ってないんで」

そう言って城将が掲げたスマホは、通知に騒がしかった。

恐らくは、彼目当ての女子たちからのラブコールだろう。

「ハハ、人気者はおちおち失恋にも浸《ひた》ってられないか」

「そういうことです」

フッと優雅に立ち上がった城将は、屋上の入口を見やる。

「それに、先生にはやり残した宿題があるみたいですし――」

彼の視線の先にいたのは、懐かしい面影の――橙寺璃子《だいだいじりこ》だ。

「それじゃ、部外者は退散します」

去っていく城将と入れ替わるようにやって来た璃子は、制服のスカートに長袖《ながそで》のブラウス姿で――

「なんだよ、まだ後夜祭中だってのに、もう帰り支度《じたく》か」

無駄に美緒と重なるから、文実《ぶんじつ》Tシャツのままの方がまだ助かるんだがな……。

「準備で汗だくになっちゃって。薪《まき》運んで汚れちゃったし、綺麗《きれい》にしたかったんです」

これから大切なお話もありますし――とでも言うような、決意に満ちた眼差《まなざ》し。

「屋外だし二人だし距離もあるし――いいですよね」

璃子はそう言って、マスクを外した。

「屋上は少し冷えますね、上着も着てくればよかった」

「グラウンド戻れば暑いくらいだろ。若いもんは若いもん同士、青春してこいよ。キャンプファイヤー、イイ感じに燃えてんぞ？」

先生だけに先制攻撃ってやつ？　どうにか告タコ回避の道を探す。が――

「いいんです、一番踊ってほしい相手にはちっとも振り向いてもらえませんし――」

深い鳶《とび》色の瞳《ひとみ》が、恨めしげに見上げる。

「ビラの写真、ちょっとは妬《や》いてくれました？　ほんとはあんな形で見せたくなかったんですけど、予定が狂っちゃいました」

言いながら彼女が見せてきたのは、スマホのセルフィー。

朝山《あさやま》の顔が切れた、絶妙にサイテーな写真だった。

「お前なぁ……事情は聞いたぞ。デートの練習なんかで大人になれるもんかよ。ったく、相手がネーミングセンス以外無害な朝山だったからよかったものの、男を甘く見てると今に痛い目みるぞ」

「甘くなんて見てないです、だって先生はとっても苦いもの」

クスリと苦笑した璃子は、だがまっすぐな瞳で続けた。

「本気だったんです。あなたに振り向いてもらえるなら、他の殿方にこの身を差し出してもいいと思うほど――。痛い目をみる前に、ちゃんと捕まえてくださいよ。恋の補導、お願いします」

まるでお縄を頂戴《ちょうだい》するように、両手を差し出す璃子。

女子高生の本気怖っ……！

腐った靴下作戦がまるで効いてねぇ……。

「言ったろ、ガキはタイプじゃないって。無茶《むちゃ》やって大人を心配させようなんざ、それこそ子どものすることだ」

「でも先生が心配してくれなきゃ私、一人になっちゃう……」

何かに怯《おび》えたような、弱々しい声。

もし彼女がマスクをしていたら、耳まで届かなかったかもしれない。

や……けどさ、どう考えたって一人にはなんねぇだろ。

今日で文実は解散でも、仲間たちがいる。

クラスには友達だっていて、家に帰れば温かな家族が待ってる。

しかも今度は弟まで増えるって話じゃねーか、賑《にぎ》やかでよろしいこった。

こちとら社会人になってから友達とは疎遠、家に帰っても一人だっつーの！

フンと鼻で笑うと、

「先生がヘタレだったおかげで私は今ここにいるわけですけど、先生の心にはまだ『美緒』がいるんですよね――」

「そんなこと改めて言ってくれるな」

何が悲しゅうて、初恋相手と同じ顔の娘に指摘されなきゃならんのだ。

「もし――もしあのころの『謙《ケン》ちゃん』と『美緒』が両想いだったとしたらどうします？」

「ハァ？　よせよ仮定の話なんか……」

「仮定じゃなかったとしたら？」

スマホをポケットにしまった璃子が、別の何かを取り出した。

なんだよ、また昔の写真か……？

一度食らった技に、そう何度も引っかかるかよ。

動揺なんてしねぇ、そう思ったのに――

よりによって、なんてもん出してくんだ。

懐かしさと後悔の鈍器に頭を殴られる。

彼女が取り出したのは、ケータイだ。

俺が昔使ってたのと同じ機種。

だけど、ああ、あそこにぶら下がってるストラップは美緒のだ。

誕生日にケータイを買ってもらったという彼女に、俺が贈ったハートのストラップ。

『謙ちゃん確か同じ機種だったよね、使い方教えて？』

いつかの彼女が、懐かしいケータイを手にこちらを見つめていて――

いや違う、あれは美緒じゃない――！

過去と現実の交錯に、頭がバグりそうになる。

だけど――

「ったく毎度毎度、なんつーもん持ってくんだお前は……」

あのころより随分と老けた己の声に、『今』と冷静さを取り戻す。

「これを見たらわかると思います、『美緒』の本当の想い――」

「何言ってんだよ……」

「母の思い出箱に、大切に保管されてたんです。そうだ、MDとかいう小型のCDもあって……そちらも今度お持ちしましょうか？　頑丈《がんじょう》なプラケースから出せなくて内容は聞けてないんですけど、何かヒントがあるかも……。確か〈俺の最愛BEST〉って書かれたシールが貼《は》ってあって……」

うぉぉぉ、それは俺が若気の至りで作ったラブソング集じゃねぇか！

言葉にできない想いを歌に託してみたけど届かなかったやつぅ！

普通にいい曲だねって美緒に流されたやつぅ……！

ちなみにソレCDじゃないからプラケース的な物体ごとMDコンポに入れねーと聞けねーぞ……ってか聞くな！

「そそ、そこには何のヒントもないぞ、なんならこっそり捨ててくれ……！」

黒歴史に当てられ、叫び出しそうになりながらもどうにか答える。

「そう……ですか？　ではこのケータイだけでも」

どうぞ、とでも言うように璃子が一歩進み出る。

「あのなぁ、そんなもん見せてどうすんだよ……」

「母はその……もしかしたら政略結婚だったかもしれなくて……だから……もし間違ってしまったタイミングを戻せたら――」

「いやいやいや、今さらどうにもなんねぇって、娘のお前が一番わかってんだろうが……！」

つーか、俺を振り向かせたいとか言っておきながら、俺にどうしろってんだ……。

女心なんぞ昔からわかったためしはねぇが、マジで意味不明すぎやしませんか？

「すみません、よくわからないんです、私にも……」

その言葉にウソはないようで、彼女の顔は困惑に満ちていた。

「先生に振り向いてほしい、『美緒』を忘れてほしい、ウサギ先生とお食事にいっちゃやだ……いろんな気持ちがごちゃまぜになって……どうしよう、このままじゃ私、一人になっちゃう……」

自分でも感情の整理が追いついていないのだろう、うわごとのようにぶつぶつとこぼす璃子。

その姿は美緒そっくりで——

いや、だけど違う——。

美緒譲りのミステリアスな瞳は、彼女とは違う不安に揺れていて——

何だ、何かが引っかかる。

『私、一人になっちゃう……』

なんでそんなことをまた……？

そんなにまで思い詰めた瞳で——。

「変なんです私、『美緒』に女としては嫉妬《しっと》してて、だけど先生の叶うはずだった恋を取り戻してあげたいって、幸せになってほしいって想いもあるんです……。ああだけど、やっぱり渡したくない……」

思春期だし、孤独に過敏なお年ごろって?

違うな、それよりももっと危《あや》うい——。

「でも先生はイヤですよね……私は『美緒』そっくりでも『美緒』じゃなくて、代わりになんてなれなくて……。それに私、先生から『美緒』を奪った張本人の娘ですもんね……ひょっとしたら『美緒』にとっても……」

——ああ、そういうこと……。

お前の孤独の——不安の元凶はソレか……。

ばかだなぁ、ほんと……。

大人びた顔立ちでも、彼女はやはりまだ子どもだ。

それはもう、どうしようもないほどに——。

「ケータイのパスワード、0617でした。それだけでもう、わかるはずですよね——?」

今にも泣き出しそうな子どもの顔。

璃子が今一度、震える手でケータイを差し出す。

「先生が私を見るときいつもつらそうなの、美緒のこと思い出しちゃうからですよね。だったらいっそ取り戻してください。これで先生の恋を――」

「必要ないよ、そんなもの、必要ないんだ――」

謙吾は首を横に振った。

「だけど……もしかしたら、万に一つの希望だって……」

「違うよ、それは違う。お前がソコで何を見たかは知らない。けどな、俺の方に未練があっても、美緒にはない。適切に消化した恋はな、叶わなくても綺麗な思い出になるんだ」

彼女はそう、自分で決めたから――。

今日の城将と同じように、伝えないことを自分で選んだんだ。

伝えられなかったわけじゃない。

『ごめんね、今までみたいに謙ちゃんと二人きりでは会えない。もう決めたことよ、私には時間がないの』

いつかの美緒の言葉が、脳裏《のうり》に響く。

あれが彼女の答えだ。

あのときならまだギリギリのところで、彼女の想いを引き戻せたのかもしれない。

だけどそうしなかったのは、俺の弱さだ。

無限のようで限りあるタイミング。

それをとっくに使い切ったっていうのに、
ワンモアチャンスに賭《か》けて決断を見送った――。

だから俺だけがいつまでも、消化不良の恋を腐らせてる。

「あのころからやり直せたら？　そりゃ無理な相談だ。模試じゃあるまいし、試験が終わってからの答え合わせに意味はねぇんだよ」

もし仮に、仮にだ。

俺と美緒が両想いだったとしても、
然《しか》るべき回答期間にテストをパスしなきゃ、恋に丸なんか付かねぇ。

後からどんなに悔やんだって、過ぎた時間は戻せないんだ。

「それにさ、どんなに想っても、俺の知ってる『美緒』はもういない」

そう、俺はただ、過去に囚われているだけ――。

「それからな――これは美緒の名誉のためにも言っておくが、政略結婚なんかじゃねぇよ、あれはそんなんじゃない」

『私、結婚するの。親が紹介してくれた人がね、とてもいい人で——』


俺と同じ大学に行くって言ってたくせに、急に進路を変えてそんなことを言い出した美緒。

まさかの決別に唖然《あぜん》として、絶望して——

急に何を生き急いでんだ、ちょっと顔が良くて金持ちだからって、一〇近く年上のオッサンと結婚とか意味わかんねぇよ、どうかしてる——！

本当に言いたいことは、言わなきゃいけなかったことは何一つ伝えられずに、言わなくていいことばかり投げつけて、酷《ひど》く彼女を傷付けた。

だけど——彼女の父親が病に倒れていたこととか、会社の跡継ぎ問題とか、彼女の置かれていた状況を後から知って、
手遅れになってから、ようやく己の愚かさに気付いて、
後悔に暮れながらも思い知った。

こんなばかな俺を選ばなかった彼女は、間違いなく『正解』だったって——。

「あいつはさ、すごく聡明《そうめい》で、間違った選択なんか一度だってしなかったよ。ちゃんと自分で決めて、お前の親父さんを選んだ」

そこまで言った謙吾は、璃子に向き直って断言する。

「お前はさ、ちゃんと愛されて生まれてきた子どもだよ。もうすぐ生まれてくる弟と同じくな――」

瞬間、彼女が大きな目を瞠《みは》った。

「どうして……」

「お前が心配してんのはソレだろ？　仲睦《なかむつ》まじい親から生まれてくる弟はちゃんと愛されてる。だけど、自分のときはそうじゃなかったのかもしれないって、美緒が俺に未練を残してたんじゃないかって不安になってた、だろ？」

けどさ、そんなことあるわけねぇよ、絶対――。

「なんで……よりによって……先生が……」

信じられないといった顔でつぶやいた璃子が、ガクリとその場に膝《ひざ》をつく。

「急に怖くなったんです……。もし先生と母が結ばれていたら、私は『ありえない』存在だったはずで……それってつまりって……いろいろ考えてたら急に怖くなって……誰《だれ》か助けてって思っても、誰にも言えなかった……。当事者の親にはまずムリだし、友達にも、親身になってくれた朝山君にだって話せなくて……」

堰《せき》を切ったように溢《あふ》れる想い。

「それなのに……誰にも言えなかった心を……どうしてよりにもよってあなたが気付くんですか……。私を想ってはくれないくせに、言葉にもできないSOSは見逃さないで……ずるい……。もっと的外れなコト言って、私を失望させてよ……」

大人びた子どもの瞳が、謙吾を見上げる。

「そうしてあなたはまた、しんしんと冷たい雪の中に私を閉じ込める……。私の恋を決して逃がさないままで……本当に酷い人……」

涙に声を詰まらせた璃子は、だけど恐る恐る、確かめるように聞いた。

「私……本当に生まれてきてよかったの？　間違ってない……？」

「ったりめぇだろ、子どものくせに余計な心配してんじゃねぇ！　……って悪い、俺のせいだな」

俺がいつまでも未練残してるから、
美緒の方もそうじゃないか——なんてばかなこと考えさせた……。

「私のこと……やっぱり子どもだって思ってるんですね……？」

涙まじりの声。

「そりゃまぁそうだ……つーか、子どもでいられるうちくらい、ちゃんと子どもでいろよ。あせらなくたって、そのうちイヤでも大人になんなきゃならねぇんだ」

「でも、子どものままじゃ先生に振り向いてもらえない……」

けどまだ未熟な子どもだ。

親の愛に不安を覚えるくらいには——。

ああ、それなのに――
目の前でくずおれる彼女に、この手を差し伸べてやりたい――
湧《わ》き上がるこの感情は何だ……？
ただの親切心？
けどさ、こんなご時世じゃ手も貸してやれない。
それでもああ――
瞳に涙を浮かべる彼女を、どうにか笑顔にしてやりたいって思うのは、
師弟愛の部類か？
いつかの初恋――大人びた美緒への想いとはまた違っていて……
わからない。
橙寺璃子を放っておけないのは、生徒だから？
美緒に似てるから？
それとも、美緒の娘だから――？
わからない。わからない。
だけど、不意に冷たい風が吹いて、
「先生……私……」
凍える瞳で見上げる彼女を、そのままにはしておけなくて――

でもまさか抱きしめるなんて、
七日星《なのかぼし》的にも、立場的にもできるわけがない。

迷った末にスーツのジャケットを脱いで、
くずおれる彼女――その震える肩にかけてやる。

「そういうとこ、ほんとずるい……」

そう言った璃子は、だけど――

「あったかい……」

小柄な彼女には大きすぎるジャケット――その両襟《えり》を毛布のように引き寄せる。

スンと息を吸った彼女は、

「先生の香りだ。タバコ、また隠れて吸ってましたね？　あ、でも加齢臭はしないなぁ……その代わりコーヒーの……」

「ちょっ、そんなじっくり嗅《か》ぐなよ……！」

「ふふ、すみません。先生に抱きしめられたらこんな感じなのかなーって」

クスリと笑った璃子は、ゆっくり立ち上がると、

「これ、今日お借りしても？」

肩に羽織《はお》ったジャケットを、名残惜《なごりお》しそうに見つめる。

「ね、一日だけ！　ちゃんとクリーニングして返しますから」

うるうると、ああ——

恋に濡れた彼女の瞳が、心の奥深いところを揺さぶる。

〈本当に触れたいのは、ジャケットだけじゃありませんけど——〉

懐かしいざわめきに胸が痛む。

けどな——悪い、やっぱりさ、どう考えてもナシだ。

青春なんぞとうにリタイアしたオッサンには、お前が望むような答えなんてやれねぇ。

「それやるよ」

「え……」

「返さなくていい、煮るなり焼くなり好きにしろ」

他にはなんにもやれねぇからさ、そんなモンでよけりゃ持ってけよ。

「ヨレヨレで新調しなきゃって、ずっと思ってたしな」

〈そんでもう、こんな腐った靴下のとこなんか来るんじゃねぇ——〉

決別の瞳で、彼女を——璃子をまっすぐに見つめる。

視線の意味に気付いた璃子が、

「……やっぱり、そうなっちゃいますよね……」

無念そうに首を振った。

「わかってました、どんなに背伸びしたって結局私は子どもで、きっとこうなるんだろうなって……。でも……最後のチャンスだから、今日はなるたけ大人に決めたかったのに……」

恋の終わりを告げる秋風が吹いて、彼女の長い黒髪が切なげに揺れた。

「予定では『美緒』よりも素敵な私をしかと焼き付けて、それであなたの未練を上書きするはずだったんですよ？　あのとき私の気持ちを受け取っておけばって、一生悔やむくらいには――」

大粒の涙を湛《たた》えた璃子が、くるりと背を向ける。

「先生、さようなら――」

大きな上着に着られた、小さな背中が言った。

「おわっ、ちょっと待て……！」

ハッと腕時計を確認、慌てて呼び止める。

「や……今はダメだ、降りてる間に見逃しちまう」

「見逃すって……？」

振り返った璃子が怪訝《けげん》そうに眉《まゆ》をひそめる。

「その……こんなクズとこれ以上いたくないとは思うんだが——悪い、ずるい男にあと五分だけくれませんか？　一応ココ、特等席なんだわ」

そう言って、グラウンド側の空を指差す。

一瞬の静寂のあと——


——パアァァァッ！


闇《やみ》を切り裂く光の花が咲いた。

ドォン——！

雷鳴にも似た轟音《ごうおん》を響かせて——。

その後も次々と咲き乱れる花火は、グラウンドからもバッチリ見えているようだ。

キャンプファイヤーに興じていた生徒たちの、ワァという歓声が聞こえる。

「あれって野球部のグラウンドから⁉」

とととっと屋上の柵に近付き、花火の出所を確認した璃子が、

「何よこれ、こんなの聞いてない聞いてない聞いてない……！」

興奮に輝く瞳——驚きと喜びが入り交じった声で言う。

「今年の文化祭、七日星騒動でみんなには苦労かけたからな。文実ＯＢとして何かできない

かって、急きょ企画したんだ」

ぶっちゃけ準備すんの、めちゃくちゃ大変だったけどな！

花火業者との打ち合わせに、関係各所への届出。

それに短時間とはいえ、打ち上げ花火にはそれなりの資金がいる。

有志からの支援を募《つの》る必要があったし、とはいえ花火のことが事前に知れ渡るのはＮＧだ。

見物客が溢れんのは普通にキャパオーバーだし、七日星的にもアウト。

秘密裏に動かなきゃならなくて、なのに音の問題もあると、事前にこっそりご近所の了承を得て回って――こういうの何年ぶりだ？

文実でも屋台がやりたいって奔走《ほんそう》したあのころみたいに、つい熱くなっちまった。

たった五分だけど、後夜祭のラストを飾るサプライズの花火大会だ。

「この花火は先生からみんなへのエールですね。告タコ成功した子たちはよりハッピーに、ダメだった子も悲しみが紛《まぎ》れて……。勇気が出せずに足踏みしてた子も、花火の勢いで一歩踏み出せちゃうかも？　いつものダルダルっぷりを帳消しにする名フォローです」

「そこまでじゃねぇよ、買いかぶりすぎ……」

「――でも、うやむやにしようとしましたね、私のこと」

お褒《ほ》めの言葉と思いきや、彼女の視線は冷ややかだ。

「この花火を見れば私も、先生からの酷い仕打ちを『いい思い出』に変えるだろうって

──？」

「あー、バレました……？」

だってさ、この年になっても女の子に泣かれんのはつらいんだわ。

だからさ、未練も吹き飛ばすような花火で機嫌直してくれって──。

「先生、私そこまで子どもじゃないんですけど？」

不本意そうに頬《ほお》を膨らませた璃子は、だけど──

「おい、あれ見ろ……！」

レアな変わり種──ニコニコ顔の花火が咲いて、

──ぱあぁぁぁっ！


膨《ふく》れっ面《つら》にも、満開の笑みが咲いた。

「ずるいずるいずるいずるいずるい！　こんな子どもだましで私を誤魔化そうだなんて……！」

不満を口にしつつも、その声はわかりやすいほど無邪気に弾んでいる。

「ねえ、ウチの文化祭で花火が上がったことって前にもありましたっけ？」

「ねーよ、前例ないから校長説得すんのも一苦労だったんだぜ？」

「じゃあ『美緒』とも見てないんですね、文化祭の花火」

確認するように聞いた璃子は、

「ふふ、先生の『初めて』いただきました！」

心底嬉しそうに跳ねた。

「私、やっぱり他の人じゃイヤ！　先生ともっといろんな『初めて』したいです！」

いやいやいや、さっきまで諦《あきら》めモードになってたじゃねーか！

優等生なら大人しく引き下がるところだぜ、それが何故《なにゆえ》ぶり返す⁉

「盛り上がってるとこ悪いんだが俺ね、お前の母ちゃんと同い年！　恋とか初めてとか、そーゆー青春の対象年齢はとうにオーバーしてんの、どう転んだって今さら無理っす」

「先生ってば、生徒には無限の可能性を信じろとか言うくせに、自分の可能性は否定しちゃうんですか？　大丈夫です、年齢なんて関係ない！　先生も青春に入ります……！」

「入らねーよ、俺は青春落第生！」

「いいえ、先生は留年してるだけ。私が恋の補習担任です！」

棚からぼた餅《もち》ならぬ、正面からピュア！！！

そーゆーこと恥ずかしげもなく言えちゃうトコ、マジで子どもだな！

糖質《とうしつ》制限どころか過剰に増し増し。

急に純度一〇〇〇％でぶつかられて、オッサンの血糖値《けっとうち》ヤベェです！

「じょ、冗談じゃねぇ、お前が俺の担任とか一〇年早いっての！」

「あら、冗談なんかじゃありません」

ああ、花火で失恋を『いい思い出』にしてもらうつもりが、とんだ誤算だ。

「それに――一〇年後ならいいんですね?」

眠りかけた子どもを、それもかなりの問題児を起こしてしまったらしい。

いやいや、頼むからそこは寝といてくれよ。

もしも『美緒』なら、今さらそんな暴挙にゃ出ないはずだぜ?

一度決めた答えはそのままに、容赦なく俺を斬《き》り捨てていくだろう。

なのにマジかよ、計算違いもいいとこで――


――ああ、花火が吹き飛ばしたのは、いったい誰の未練だ……?


重力に抗《あらが》う流星のように、勢いよく昇る一筋の光――。

夜空を彩《いろど》るそれは、暗幕のような過去さえ鮮やかに撃ち破って、

「ふふ、一〇年後――未来の先生の隣、予約しちゃいます!」

ドンッっと一際《ひときわ》大きな音が体を震わせる。

や、わけわかんねぇよ、だって道理に合わねぇ。
天に咲く大輪が照らし出した無邪気な笑顔は、
いつもなら懐かしさが付きまとっていた、はずなのに――

俺の目は節穴だったのか――？

諦めの悪いまっすぐな瞳は、美緒そっくり――
なのに全然違う……。
今、目の前にいるのは『美緒』でもなけりゃ、あの日の残像でもないのに――
なんてこった、この胸をドクンとまっすぐ撃ち抜いてきやがった。
ああ、いっそ過去との混同――脳みそのバグであってくれ……！
そんなおかしな願いで、勝手な暴走ばかりの鼓動を落ち着ける。
だってよ、美緒と重ねてなくたって、コレはコレでマズいだろ。
マスクがあってよかった……。
未熟な教え子相手に、柄にもなく赤面した姿を見られずに済んだ。
装った平静を、だけど問題児は容赦なく見破って――
「その下の真っ赤《まっか》な素顔、一〇年後は間近でまじまじと堪能《たんのう》させてくださいね」

いやいや、ほんと勘弁してくれよ……。

腐った靴下もダメ、花火もダメで、こっちにはもう手札がねぇ……。

だからって、やっぱり受け取るわけにはいかねぇだろ。

他に有効な手段もなくて――こんなものは、ただの気休めだ。

彼女に言わせれば、これも卑怯《ひきょう》でずるい手なんだろうが――

「まぁ一〇年たったらな」

彼女を宥《なだ》めるために、その場しのぎのクズになる。

「本気にしますよ、先生の冷たくて優しいウソ――」

子どものくせに、やけに大人びた瞳が瞬《またた》く。

「ま、まぁ嘘《うそ》から出た実《まこと》って言葉もあるくらいだし……じゅっ、一〇年後なら……な……」

押され気味に答えると、

「決まりですね。では誓いとしてこれを――」

彼女が差し出してきたのは、タコ形のお守りだ。

「や、まだ一〇年たってねぇんだけど……」

「受け取ってくれとは言いません、だけどちゃんと預かってて」

〈もう『なかったこと』にはしないで――〉

そんな視線に射貫かれて、けど気持ちはまだ受け取れねぇ。

「預かるだけだ、中は見ねぇぞ」

「ええ、手紙の答えは一〇年後にお願いします」

「つーかちゃんとマスクしろ、でないとこれ以上近付けねぇ」

「はぁーい」

駄々《だだ》っ子な優等生が、外していたマスクをつける。

一応、七日星を気にしてのことだったが、眩しすぎる彼女も幾《いく》らかカットできて動悸《どうき》が和《やわ》らぐ。

「あーあ、こんな大事なモン、淀《よど》んだ目のオッサンに預けちまって……」

寸分の狂いもない、美しい縫い目のお守りを受け取って、フンと苦笑い。

現役《げんえき》の青春組だからな、見なくても大体の予想はつく。

中の手紙には、小っ恥《こば》ずかしい言葉が生真面目《きまじめ》に並んでんだろ？

それこそ、眩しすぎて読めねぇようなやつが。

「一〇年後には、卒倒もんの黒歴史になってんじゃねーか？」

どっかの誰かが残した、痛々しいＭＤみたいにさ。

ああそうだ――。

一〇年たったら——なんて子どもだましで縛るつもりなんて、さらさらない。

オッサンの身には、意外とあっという間でも、
子どもの彼女には、長すぎるほどに長い時間だ。

表紙だけの恋を、噛《か》み締《し》めるだけ噛んだら、
味のなくなったガムみたいにさ、
ペッと吐き出して、俺のことなんざ忘れてくれて構わない——。

本音を言えば少し寂《さび》しい気もするが、その方が自然だろ。

「忘れませんよ？」

クスリ。

心の内を見透かしたように、璃子が笑った。

「私、一度習ったことは忘れないんです。参考書も隅から隅まで覚えてますし、先生のことも忘れたりなんてしない。私の恋の教科書にはあなたのことしか書いてない」

美緒譲りの凛《りん》と意志の強い瞳は、

「万年雪だと思ってましたから。ちゃんと春が来て花が咲くんだって思えば、一〇年なんて大したことないです」

だけど間違いなく璃子の輝きで——

子どもってのはずるいな、とんでもない無茶まで言いやがる。

「ね、先生、スマホのスケジュールにちゃんと入れておいてください。一〇年後の今日は私たちの結婚式だって」

「ちょわっ、結婚っておい、そこまでは言ってねぇぞ……！」

「うら若き乙女を一〇年も待たせるんですよ？　そこは責任取って結婚してください！」

「じゅっ、一〇年後だからな……？」

「はい！　ちゃんと登録してくれました？」

「ああもう入れるって、必要以上に近付くな！」

「えー、こんなご時世じゃなきゃ飛びつきたいくらいなのに」

「飛びつかせねーわ！　ご時世関係なく、この先一〇年は指一本触れさせねぇからな⁉　ったく、変なトコ誰かに見られてみろ、ボーナスどころか首っつーか社会的な命まで吹っ飛ぶわ！」

「ふふ。未来の旦那さまが前科一犯になっても困りますし、諦めて我慢しますね」

大人っぽいのに子ども――いたずらな笑みを浮かべた璃子が、

「今はまだ――」

と意味深な目配せをする。

「両親にも謙ちゃんとのこと、祝福してほしいですし」

「へぅ……？」

おおお、おい！

よくよく考えたら俺、あの美緒に頭下げに行くってことか⁉

お嬢さんをくださいって――？

「つーか、ちょっと待て、つまりは美緒が俺の義母になんの――⁉」

なにそれ、新手のホラー？

「ま、マジか……」

「マジです。女子高生の本気、甘く見ないでくださいね？　そうだ……弟は私とも結構な年の差ですけど、義兄《先生》とは何歳差になるんだろう……」

「んなもん計算すんな、考えただけで怖いわ……！」

「一〇年後はまだ生まれてない弟も小学生――結婚式でフラワーボーイしてくれるかなぁ。ふふ、今から楽しみです」

うわー、あと千年くらいは考えたくねぇ～～！

けど無邪気な彼女の微笑《ほほえ》みは、マスク越しなのにキラキラと輝いて、
ああ、花火も霞《かす》むほどに眩《まばゆ》い。

美緒でもないのに高鳴る鼓動――気付いてしまったその意味は、
だけどいたずらな彼女には、一〇年後まで伏せておく。

胸の奥底に沈めるのは、いつかの後悔じゃない。

雪の中で寝かせる、秘蔵のシャーベットってとこか――？

待望の答えを待つも、黒歴史にするも全《すべ》て彼女次第――

問題児の手に委《ゆだ》ねられてる。

もっとも、一〇年後なんざ、答え合わせには遅すぎるタイミングだ。

普通に考えてまずナイだろ。

忘れないとか言ってても、来年あたりにはあっさりさ、
澄んだ瞳の同級生に乗り換えてるかもしれないし？

卒業してからだって、いろんなやつと出会って、新たな恋に落ちることもあるだろう。

厄介《やっかい》なお守りを思い出して、『やっぱり返してください～！』なんて泣きついてくるかもな。

だからさ、これは甚《はなは》だばかげた話だ。


けど、型破りな優等生だからな。

天文学的な確率ではあるけど、今日の恋を打ち明ける――なんて奇跡も起きたりしてな。

胸底に沈めた、一〇年もののシャーベットを引き上げてさ――。

ウソみたいなタイミングだけど、もしそうなったら、それはまぁ……。

非常に青くさい言葉ではあるんだが――

いわゆる『運命』ってことで――。

「先生、あれ……！」
感激に息を呑《の》んだ璃子。
彼女の指した夜空には、
ああ、これまたレアな変わり種――
大きなハート形の花火が、相合い傘のように咲いた。
煌《きら》めく雫《しずく》がチラチラと宙を舞って――
一斉に咲いた小花は、未来からの祝福。
明るい空にパチパチと、輝く拍手を響かせていた。

【あとがき……だったはずなのに――（※ネタバレが密《みつ》です！）】

本作の原稿を書き上げたあと、登場人物の一人、颯真飛鳥《そうまあすか》が言いました。

「あの……僕の蜜《みつ》はどこに行ったんでしょうか……？」

「え、いつも野良《のら》ネコっぽいのに急に何？　ハチミツを探すクマさんみたいになってるよ⁉」

ていうかこのスペース、作品に込めた想《おも》いとか、関係者や読者さまへの謝辞とか入れるところだよ、急な押し入りやめて⁉

「だってあなた、一巻のあとがきで言ってましたよね。二巻は三蜜から溢《あふ》れ出した残りの二蜜もねっとり絡《から》まった過蜜《かみつ》状態な一冊にするって。でも僕とリボンの蜜、微々たる量しか入ってなくなくなくないです？」

う……！　そういう都合の悪い話は忘れてほしいんだけどな⁉

「や、本編の最後に【補講《ほこう》】として、君とリボンちゃんとの蜜な馴《な》れ初《そ》めをザッバーンと濃いめに入れたい気持ちはあったよ？　ただページが足りなかっただけ！　恋にはね、タイミングと同時に潤沢《じゅんたく》なページ数も必要なんだ、帰りなさい……！」

「そんな……！　僕、二巻じゃハレンチハレンチ言ってるだけの賑《にぎ》やかし要員じゃないですか！　仮にも三蜜のうちの一人なんです、もっとスポットライトを当ててくれても……」

「いいじゃないですか、颯真君はなんやかんやでラストも幸せそうにダンスしてましたし！　それに比べて私なんて、朝山《あさやま》先輩に告タコした瞬間、秒でフラれちゃったんですからね⁉」

急に声を荒らげたのは、まさかの文実《ぶんじつ》一年女子・久錐優仁子《くすいゆにこ》だ。

「そもそも私、一巻では外見描写すらありませんでしたからね？　二巻でようやく日の目を見たかと思えばあの仕打ちですよ！　それに実はメカニック由来な私の名前、もうちょっとどうにかなりませんでした？　あなた、朝山先輩級にネーミングセンス残念ですよ、わかる人にはわかるんですからね……！」

「お、落ち着いて！　久錐さんはね、コミカライズで異次元キュートに描いていただける予感あるから！　神さまからの啓示《けいじ》っていうの？　そんな白昼夢《はくちゅうむ》を見たよ⁉」

「え、ホントですか……⁉　そ、それならまぁ、今回のことは大目に見てあげますぅ〜〜」

よかった、久錐さんめっちゃデレてる……！　あとはいつものあとがき路線に戻し――

「なるほど、作中で不憫《ふびん》な目に遭ったみんなが、作者に物申しにきたってわけだね」

ウソでしょ、追い撃ちのあとがきブロック⁉　フッと優雅に乱入してきたのは城将勝矢《じょうしょうかつや》だ。

「えええ、君も何か不満なの？　君の出番、意外とガッツリあったよ、颯真君以上だよ⁉」

「ハハ、とんだピエロな役回りだったけどね？　それに一巻のときから気になってたんだけど、僕が一度もイラスト化されてないってどうなの？　僕、これでも主人公のライバルだよ⁉」

「そ、それはほら、偉い人からの希望……」

「挿絵《さしえ》の候補案、一箇所だけだけど僕のシーンもあったよね？　なのに見なかったことにして璃子《りこ》ちゃんのシーン増やしたよね、僕が知らないとでも？」

「や、それはほら、女の子の笑顔が増えた方が読者さまも喜ぶかなーって……」

「はぁ……レディーファーストってことで挿絵の件は目を瞑《つむ》るよ。だけど、あとがきくらいは僕がもらってもいいよね、作中じゃ紗綾《さあや》まで奪われちゃったんだからさぁ……！」

城将が、ううっと不憫溢れる瞳《ひとみ》で訴える。

「そもそも、神イラストレーター・裕《ゆう》先生から、僕のキャラデザをしっかり授かっておきながら、それすら載せないなんてまさに神への冒瀆《ぼうとく》だよ……！」

「あれ？【復習】のキャラ紹介のとこでサラッと入れてなかった？」

「いやいや、あんなミジンコみたいなスペースで急に出されても、読者のみんな『え、いきなり城将⁉』ってポカーンだよ、紹介するなら全身をドーンと入れてくれたまえ！」

「や、そんなこと言われても、ここ私のあとがきだからね？　君たちのせいで時間押しまくりだよ、そろそろ謝辞に入らせ……」

「フッ、そんなわけで、突然ですが次のページはこの僕——城将勝矢の華麗《かれい》なるキャラデザをお送りします。僕のイケてる姿、どうか堪能《たんのう》してくれたまえ☆」

「ちょっ、私のあとがき、よもやの強制終了⁉　みみみ、みなさまどうぞお元気で……！」

最後まで読んでくれてありがとう
君の明日を応援しているよ☆
またどこかで会おう！

いたずらな君に
マスク越しでも
恋を撃ち抜かれた

ファンレター、作品の
ご感想をお待ちしています

〈あて先〉

〒106－0032
東京都港区六本木2－4－5
SBクリエイティブ（株）
GA文庫編集部 気付

「星奏なつめ先生」係
「裕先生」係

本書に関するご意見・ご感想は
右の QR コードよりお寄せください。

※アクセスの際や登録時に発生する通信費等はご負担ください。

https://ga.sbcr.jp/

いたずらな君《きみ》に
マスク越《ご》しでも恋《こい》を撃《う》ち抜《ぬ》かれた2

発　行　　2022年6月30日　初版第一刷発行
著　者　　星奏なつめ
発行人　　小川　淳

発行所　　SBクリエイティブ株式会社
〒106－0032
東京都港区六本木2－4－5
電話　03－5549－1201
　　　03－5549－1167(編集)

装　丁　　木村デザイン・ラボ

印刷・製本　中央精版印刷株式会社

ISBN978-4-8156-1248-1
Printed in Japan
GA文庫

やたらと察しのいい俺は、毒舌クーデレ美少女の小さなデレも見逃さずにぐいぐいいく6

GA文庫

著：ふか田さめたろう　画：ふーみ

小雪と直哉の出会いから季節は一巡し、三年生の春を迎える。晴れて婚約者となった二人は学校公認の恋人として扱われるようになり、クラスメイトの恋を応援したり新聞部に取材されたりと「猛毒の白雪姫」のあだ名も懐かしく思えるほど、慌ただしくも楽しい毎日を過ごしていた。

ゆっくりと距離を縮めていこうとする二人の生活は続き、どこまでもハッピーエンドが約束された未来へと向かう。

高校卒業、大学進学、そして——。

「好き」同士が織りなす、すれ違いゼロの甘々ラブコメディ、第6弾。

試読版は
こちら!